Женские судьбы.
Уютная проза
Марии Метлицкой

Мария Метлицкая

Другая Вера

Москва
2020

УДК 821.161.1-31
ББК 84(2Рос=Рус)6-44
М54

Художественное оформление серии
и иллюстрация на переплете *П. Петрова*

Метлицкая, Мария.

М54   Другая Вера / Мария Метлицкая. — Москва :
Эксмо, 2019. — 256 с.

ISBN 978-5-04-106637-6

Что в реальной жизни, не в сказке может превратить Золушку
в Принцессу? Как ни банально, то же, что и в сказке: встреча с
Принцем.

Вера росла любимой внучкой и дочкой. В их старом доме в Малаховке всегда царили любовь и радость.

Все закончилось в один миг — страшная авария унесла жизни
родителей, потом не стало деда.

И вот — счастье. Роберт Красовский, красавец, интеллектуал
стал Вериной первой любовью, первым мужчиной, отцом ее единственного сына.

Но это в сказке с появлением Принца Золушка сразу становится Принцессой. В жизни часто бывает, что Принц не может
сделать Золушку счастливой по-настоящему.

У Красовского не получилось стать для Веры Принцем.

И прошло еще много лет, прежде чем появилась другая
Вера — по-настоящему счастливая женщина, купающаяся в любви
второго мужа, который боготворит ее, готов ради нее на любые
безумства.

Но забыть молодость, первый брак, первую любовь — немыслимо. Ведь было счастье, пусть и недолгое.

И, кто знает, не будь той глупой, горячей,безрассудной любви,
может, не было бы и второй — глубокой, настоящей. Другой.

УДК 821.161.1-31
ББК 84(2Рос=Рус)6-44

ISBN 978-5-04-106637-6

С погодой не повезло. А Вера так надеялась, что жара даст передышку. Хотя бы в этот день. Но нет. Солнце по-прежнему шпарило, перепутав начало июня с серединой июля. «Все изменилось: и климат, и мы...» — подумала она и отошла от окна.

А оторваться от такой красоты было сложно — накануне под окном ее спальни пышным, кипенно-белым, как долгожданное свадебное платье купчихи или гигантский, точно для великана, торт из зефира, белым сугробом взорвался высоченный и пышнейший куст чубушника, и его запах, сладкий и нежный, разливался по всей территории усадьбы. И сосны, сосны! Ее любимые красноствольные красавицы! Не обычные, высокие, с голым стволом, улетающим в небо, — хотя и такие на участке имелись, — а не слишком высокие, разлапистые, с широкой раскидистой кроной, настоящие крымские, привезенные из питомника. Предупреждали, что эти красотки могут не прижиться. Но прижились и радовали хозяйку, напоминая о когда-то любимом крымском побережье — Коктебель, маленький сын и муж, бывший муж.

Сколько они копили на эту поездку? Кажется, больше года. Отказывали себе во всем — точнее, страстно мечтая о море, во всем себе отказывала именно она, Вера. Но все равно ничего бы не получилось, если бы не последний привет из прошлой жизни — золотые часики на потертом кожаном браслете, увесистые, для крупной женской руки. Кажется, тетки Раечки. Последняя память. Вера долго не могла решиться их продать. Но в конце концов пришлось. Сердце разрывалось при виде бледного, вечно сопливого Вадика. «Море вам не-об-хо-ди-мо, — по слогам, четко, как телевизионная дикторша, произнесла участковая врач в крупных, качающихся, словно маятники, серьгах из темного янтаря. — Иначе из соплей вам не вылезти!» И часики отправились в скупку.

Вера утонула в воспоминаниях. Перед глазами всплыла цветная картинка: загорелая узкая спинка сына, копающегося в песке, поджарый силуэт мужа у кромки воды и она сама, перебирающая сквозь пальцы песок в надежде найти осколок бледно-розового сердолика, — по легендам, именно там, в Коктебеле, его было полно. Но не нашла. Да разве в этом дело? Так, легкий вздох и легкое разочарование, но в остальном все было прекрасно. Сын, муж, море и теплый песок. И все это называлось счастьем.

И наплевать, что жили они в крохотной каморке под лестницей, где по ночам, невзирая на открытую фанерную дверь, было невыносимо душно. И наплевать, что с улицы тянуло подкисшей помойкой и что считали они не рубль, а каждый гривенник и брали в столовой одну котлету на двоих, правда с двумя гарнирами.

В душе Вера боялась окончательного переезда из города, хоть и родилась и выросла за городом. И всячески, любыми способами оттягивала отъезд — капризничала, спорила с мужем, в общем, вела себя «не как всегда». Словом, тянула, надеясь. На что — непонятно! Знала ведь: если уж муж что-то решил, он вряд ли отступится. Предложений было не просто много, а немыслимо много. Рынок загородной недвижимости рос, рос и вдруг встал как вкопанный — рубль падал, доллар взлетал, продать было сложно, а купить, наоборот, очень просто. Но только не Стрельцовым.

К покупке земли под имение — а именно так шутливо называл Геннадий Павлович их будущее жилище — они отнеслись серьезно. Учитывалось многое: близость от Москвы и в то же время тишина, и обязательно, чтобы лес рядом — природу Вера Андреевна обожала. Инфраструктура опять же. Качество народонаселения — шутка мужа. К соседям предъявлялись довольно высокие требования: никаких «новых русских», нуворишей с их дурновкусием и тягой к понтам.

И не деревня — ни-ни! Там свои «прелести». Только стародачный поселок с остатками интеллигенции и со своим традициями. Хотя и в таких поселках давно сменился контингент. Но старожилы еще оставались.

Река — как говорила Вера Андреевна, «течность» — тоже входила в список обязательных требований. В подмосковных водоемах они, конечно, не купались, предпочитали море. Но посидеть на берегу подмосковной реки, послушать пение соловья, полюбоваться красотами любили.

Ну и чтобы сам участок был не менее пятидесяти соток. Только так можно чувствовать себя защищенными от соседских глаз и соседских же воплей.

А еще поселок должен был непременно стоять под охраной.

Искали долго. Два шустрых агента, похожие между собой, как братья-близнецы, Саша и Паша, веером, словно карты из колоды, раскладывали перед Стрельцовыми всевозможные варианты. Но те капризничали — все время что-то было нет так. Агенты злились, раздражались, но за клиентов держались крепко — и по машине, и по внешнему виду, и по адресу в Москве, где проживали Стрельцовы, было понятно, что надо терпеть, такими клиентами не бросаются.

Да и людьми они были приятными — и остроумный весельчак Геннадий Павлович, обожавший — это бросалось в глаза — свою ненаглядную Верушу, и сама Веруша, Вера Андреевна, милая, спокойная, рассудительная и все еще очень красивая женщина.

Что говорить, чудесная пара. Всем бы так жить, с таким отношением друг к другу и таким достатком.

Наконец участок был найден, и Саша-Паша облегченно выдохнули — уф, угодили! Наконец угодили! Это был стародачный, тихий и уютный поселок, стоящий чуть на пригорке, откуда открывался невероятный, сказочный вид на реку и поле.

Продавала участок вдова сына хозяев — ни самих хозяев, ученых-химиков, ни их непутевого сына на свете уже не было. Старики умерли от старости, а вот их единственный сын оказался никчемным пьяницей, бедой и горем родителей. Да и по про-

питому и изношенному, хотя и со следами былой красоты, лицу хозяйки, Регины, было понятно все и сразу — та тоже от мужа не отставала. На вид лет ей можно было дать шестьдесят. Увидев ее паспорт, Стрельцовы удивленно переглянулись — ей всего-то исполнилось сорок пять.

Детей у Регины не было. Жила она в квартире умерших свекров с видом на Москву-реку и фабрику «Красный Октябрь», бывшее «Товарищество Эйнем». В квартире пахло лежалым тряпьем, столетней грязью и крепко устоявшимся перегаром. Геннадий Павлович брезгливо поморщился, распахнул окно, и в него тут же влетел запах ванили и шоколада.

— А у вас тут, оказывается, сладкая жизнь, — задумчиво произнес Геннадий Павлович, выглядывая во двор.

— Да ну, — вяло отмахнулась поддатая хозяйка. — Какое там сладкая!

Сделка пару раз срывалась из-за Регининых запоев, и Вера Андреевна страшно нервничала.

Но бог троицу любит, и наконец участок со старым полуразрушенным домом стал их собственностью. Стрельцовы были счастливы.

В тот же день, после окончания сделки у нотариуса, поехали в имение.

Машину вел сам Геннадий Павлович, шофера Виталика отпустили, в тот волнительный день посторонние были им не нужны, семейная радость — вещь крайне интимная. Взволнованные, ехали молча, без разговоров. Заморосил мелкий дождик, но впечатления это не испортило, а даже наоборот, придало какой-то уютности и тепла, сразу представились тихие семейные вечера, чаепития, приглушенная музыка. И все это, дорогое и бесконечно любимое, под умиротворяющий нежный звук подмосковного дождика. Доехали, остановились. Геннадий Павлович, как всегда, открыл дверцу и подал руку жене. Оглядываясь, Вера выбралась из машины. Стрельцов осторожно толкнул черную, разбухшую от старости калитку, и они зашли на участок — впервые уже на свой, собственный.

Стоял немного дождливый, но теплый октябрь, под ногами лежала влажная, густая, мягкая листва. Пахло сырой травой и прелью, грибами, костром и дымком, струящимся с соседнего участка. С веток падали тяжелые капли дождя. Было сыро, но довольно тепло.

По узкой заросшей тропинке, держась за руки, Стрельцовы прошли к дому. На ржавую дверную ручку был накинут замок — заходи и бери чего хочешь. Впрочем, брать там было нечего — Регина все давно пропила.

Осторожно, словно боясь кого-то потревожить, они зашли в дом. Вера Андреевна поморщилась — сильно пахло плесенью и мышами. В комнате с разрушенной голландской печкой валялись тут и там какие-то тряпки, остатки круп, пустые банки из-под консервов, шарфы и кофты, изъеденные мышами и молью, остатки раскрошенных дров, кучки дохлых мух и ос. На окнах болтались оборванные, выцветшие сатиновые шторки. На столе стояли чашка с отколотым боком и закопченная, мятая кастрюлька. Довершали невеселую картину стул на трех ногах, прислоненный к закопченной стене, комодик с треснутым стеклом и вещи, валявшиеся на диване.

Геннадий Павлович бросил свою ветровку на продавленный диван, прикрытый залоснившимся одеялом с нагло выпирающей клочковатой и пожелтевшей ватой.

— Присядь, Веруша, Отдохни.

Вера брезгливо присела на край.

Молчали. Разговаривать не хотелось.

А ведь когда-то здесь был дом. И была радость. Наверняка была радость: маленький сын, надежда родителей, трехколесный велосипедик, панамка от солнца, песочница под березой. Теплый хлеб и сладкий компот из малины и вся семья за столом. Чаепития по вечерам, беседы с соседями. Патефон с пластинками Шульженко и Утесова. А потом... Потом все закончилось. Мальчик вырос, надежд не оправдал. Привел эту чертову девку Регину, ну и... Старики медленно чахли, захлебываясь в своем горе. А эти тонули в водке и пропивали все, что можно пропить.

— Чужая жизнь, — нарушила молчание Вера Андреевна, почувствовав странное разочарование и печаль. — Ужас, да? — Она подняла глаза на мужа.

Геннадий Павлович вздрогнул, нахмурился и кивнул.

— Все так, Веруша. Ты правильно сказала: чужая жизнь. Что нам до нее? У нас же радость, правда? А дом этот, — он обвел глазами комнату, — надо бы поскорее снести, как не было. И все испарится, улетучится. Вся печаль и тоска. Снести вместе с его радостями, бедами, слезами и воспоминаниями. Говорят, дома — живые организмы и все хранят в памяти. — Геннадий Павлович улыбнулся. — Лично я в это не верю. А ты?

Вера вздрогнула, вспомнив другой дом, проданный ею сто лет назад:

— Я не знаю. И, честно говоря, знать не хочу.

Стрельцов все тут же понял и широко улыбнулся:

— Да бог с ними, с домами, Веруша!

— Ты прав. — Вера тяжело поднялась с дивана. — Поехали, Гена! И вправду тоска. Пахнет здесь как-то... Горем пахнет, несчастьем. Идем поскорее!

Даже не обойдя участок, они быстро пошли к машине. По дороге молчали, разговаривать по-прежнему не хотелось.

Вера Андреевна думала о том, что, скорее всего, зря они купили старый участок с чужим домом — здесь своя аура, и вряд ли от этого можно избавиться. Покупать нужно было новый участок, без прошлого, а то лезет всякая чушь в голову.

Вера Андреевна достала из сумочки таблетку. Головными болями она страдала всю жизнь. Муж бросил короткий взгляд и сочувственно поморщился:

— Что, начинается?

Вера молча кивнула и отвернулась к окну.

До дома доехали быстро, даже задремать не успела. Под душ и сразу в кровать. Таблетка и сон — вот спасение.

Быстро улеглась и уже сквозь сон услышала, как муж принес стакан крепкого сладкого чаю, — знал, что при начавшейся мигрени иногда помогает. Осторожно поставил на тумбочку и на цыпочках вышел.

«Геночка, — с нежностью подумала она, — мой ты родной! И еще — очень любимый».

Это был очень счастливый брак, каких единицы. Вера Андреевна это понимала прекрасно и знала, как ей повезло. И еще очень это ценила.

* * *

Геннадий Павлович был человеком не только слова, но и дела, и уже через неделю на вновь купленном участке не осталось и следа от старого, наводившего тоску и печаль дома прежних владельцев. Все снесли и вывезли подчистую, как не было. А через пару месяцев стоял новый фундамент. Строительство дома намечалось на май — зимой умные люди дома не строят, ждут тепла, а Геннадий Павлович Стрельцов был определенно человеком умным, с этим не поспоришь.

Когда в марте Вера Андреевна приехала в имение, от прошлого ощущения не осталось и следа — стояло яркое солнечное утро, звенела капель и яростно распевали птицы. Солнце освещало потемневшие от влаги стволы берез; почти растаявшие, а уже осевшие и потемневшие снежные прогалины оставались только под темными густыми елками, но кое-где — чудеса! — пробивалась молодая травка. А главное — запахи: оглушительно, как бывает только за городом, пахло свежестью и весной.

Под натянутым брезентовым тентом были аккуратно сложены строительные материалы. По участку носились молодые мужчины в спецодежде — строители. Никаких шарашек и шабашек — серьезная фирма для солидных людей. Это был жизненный принцип Стрельцова: каждый отвечает за то, что умеет. И надо сказать, этот принцип работал.

Вера с благодарностью посмотрела на мужа, сердце сладко заныло от благодарности. Как же ей повезло!

Нет, она и сама ого-го, умница и красавица, скромно признавалась себе она, глядя в зеркало. Но красавиц и умниц море. А повезло именно ей. Да и повезло на исходе, так сказать, молодости и почти исчезающей женской прелести — когда они встретились со Стрельцовым, Вере было за тридцать, а ее сыну от первого брака девять.

Все, хватит, нечего вспоминать, потому что хорошего вспомнить нечего. Почти нечего.

* * *

Муж построил дом за полгода — в рекордный, как все говорили, срок.

Каждый вечер после тяжелого трудового дня ездил в поселок и следил за работой — лишний контроль, по его мнению, никогда не помешает. И справедливость этого убеждения жизнь подтверждала — многие из тех, кто в девяностые начинал вместе со Стрельцовым, давно канули в Лету: прогорели или, и того хуже, остались с долгами, без квартир и счетов. Многие банально спились. А кое-кого, увы, давно схоронили. А все потому, что расслабились, были уверены в себе и в партнерах, излишне доверяли нанятым менеджерам и директорам. А почувствовав первые, легко добытые, зачастую шальные деньги, зажили красиво и весело — поездки по заграницам, квартиры на Кипре или в Испании, дорогущие автомобили, кабаки и девицы. А сколько разводов случилось тогда. Сколько рассыпалось прекрасных, крепких семей. Сколько страданий и слез принесли эти тучные годы. И им, внезапно и неожиданно разбогатевшим и потерявшим от этого богатства головы, казалось, что так будет всегда. Но — увы.

Геннадий Павлович Стрельцов не расслаблялся — на работе, в офисе, сидел с утра до вечера. И всегда оставался в курсе всех дел. Контролировал всех и каждого, пойманных и замеченных во лжи или в воровстве беспощадно наказывал и тут же, без разговоров, гнал. С бездельниками не церемонился. «Жалость в бизнесе неуместна», — повторял он, кажется, убеждая в первую очередь в этом себя.

Вера в дела мужа не лезла.

Через несколько лет в компании Стрельцова остались только самые проверенные, самые преданные, самые работоспособные, самые настойчивые и самые честные. И компания процветала — выстояла в двух тяжелейших кризисах, когда падали, как подкошенные, колоссы и рушились большие финансовые империи.

Деньги Стрельцовы почувствовали не сразу — вернее, дали себе волю почувствовать их не сразу. Головы не закружились. Довольно долго жили в Вериной двушке: двадцать восемь метров, четвертый этаж, окнами на Можайку, на трассу — не о чем говорить.

Черную икру не ели, омарами не баловались, дорогих часов и костюмов, а также норковых шуб и бриллиантов не покупали, по ресторанам не хаживали.

Вадик учился в обычной районной школе. Вера Андреевна по-прежнему работала в проектном институте.

Квартиры на Золотой миле, на Кутузовском, купили, когда Вадик оканчивал школу. Купили две на одной лестничной клетке — двухкомнатную в семьдесят метров для сына и четырехкомнатную, в сто двадцать, для себя.

— Чтобы твоей душеньке было спокойно, — смеялся Геннадий Павлович, отдавая Вере ключи от квартиры сына. — Девушки появятся, компании — это нормально. А ты спокойна — он и отдельно, и рядом. Полный контроль!

Квартиру свою они обожали — столько вложили сил и столько денег! Обои заказывали из Италии, мебель из Румынии — на этом настоял муж. Настоящее дерево, традиции обработки и прочее. На века.

Стрельцов вообще любил эти два коротких слова — «на века». И был, наверное, прав, это многое означало.

Ковры привезли из Турции, настоящие, ручной работы, шелковые, с переливом. Шторы из Греции, на заказ. А люстры из Чехии — Вера любила хороший хрусталь.

И вот, спустя десять лет решились перебраться за город — на этом настаивал муж.

Вера любила квартиру на Кутузовском и уезжать насовсем не хотела. Решили так — попробуем. Чтобы не резко и не сразу — сначала станем оставаться в имении на выходные, потом на подольше. А дальше — как захотим.

Навсегда захотели довольно быстро. Вера, к своему удивлению, загородную жизнь полюбила почти сразу. Да и как можно сравнить эту жизнь с городской, с ее отравленным воздухом, дикой загазованностью, резкими звуками, серыми пейзажами и всем остальным? Преимущества неоспоримы. Кстати, хитрый Геннадий Павлович в этом почти был уверен — потому что отлично знал натуру любимой жены. Вера — молчунья, Вера — затворница, схимница. Вера не любит общества и шумных гостей. И еще Веруша любит природу — ведь росла в Подмосковье.

Их имение было их жизнью. И создали они его вместе, вдвоем, с такой тщательностью и серьезной продуманностью — от крупного до мелочей, с таким терпением, нежностью и с любовью.

И были там счастливы. Впрочем, они просто были счастливы — везде и повсюду, и такое бывает.

С годами Геннадий Павлович стал работать меньше — возраст давал о себе знать, да и бизнес стал стабильным, денег на счетах скопилось достаточно, более чем, если уж честно. «На пару жизней уж точно хватит, — шутил Стрельцов. — А у нас она, Веруша, одна».

И самое главное, Стрельцовы уже были в том возрасте, когда отлично понимаешь, как эта единственная жизнь коротка и щедра на сюрпризы и что в ней всяко бывает — примеров вокруг множество. Все люди смертны, и всё, увы, быстротечно... Выходит, надо пожить для себя. Они это заслужили.

И мудрый Стрельцов постановил — жить и наслаждаться. За свою жизнь он ого-го как напахался! Жить ради любимой женщины — огромное счастье! И дано оно, увы, далеко не всем.

* * *

Свою встречу с Верой, их совпадение и все их дальнейшие совместные годы Стрельцов искренне считал огромным подарком судьбы. Жизнь его потрепала — ну а кого она пожалела? Но ведь важен итог, вернее, поздний, последний, жизненный этап. Третий возраст, как кто-то красиво сказал. И здесь судьба его щедро одарила.

Все у них было складно, ладно: и понимание с полувзгляда, когда и полуслова не нужно, и взаимная нежность, не иссякшая за долгие годы. И притяжение друг к другу — да, да, именно притяжение, то самое, личное, глубоко интимное, многими ровесниками давно позабытое. А у них было. Пусть не так ярко, как в молодости, пусть не так откровенно нетерпеливо, но было же. Было! И этот так называемый супружеский долг они оба исполняли с удовольствием и все еще с трепетом.

Женой Стрельцов гордился — не просто обожал и боготворил ее, а именно гордился. То, что его Верочка красавица, обсуждению не подлежало. И это не зашоренный субъективный взгляд влюбленного мужа — нет и нет! Вера Андреевна была и вправду красавицей — высокая, крутобедрая, длинношеяя, со стройными, чуть полноватыми красивыми ногами и пышной, высокой грудью, не испорченной, как ни странно, ни грудным вскармливанием, ни возрастом.

У его Веруши были по-прежнему роскошные, густые, чуть волнистые волосы, когда-то давно, в молодости, дивного золотистого цвета спелой пшеницы, белоснежная кожа, темные — чудеса! — брови и синие, с фиалковым отливом глаза, чуть вздернутый, правильный нос и пухлый, яркий рот.

А еще она отличалась замечательным, утонченным вкусом и острым чутьем на прекрасное. Одевалась Вера безупречно. Даже в зрелости умела найти тонкую грань и не перейти на скучные строгие «пожилые» наряды, вроде тоскливых костюмов с лацканами или унылых платьев. Могла даже и похулиганить — например, на пикник надеть молодежные джинсы с лохматыми дырками и яркие оранжевые кроссовки. Шли ей и вечерние платья, и узкие черные брючки со строгими, казалось бы скромными, но, безусловно, недешевыми кашемировыми свитерками, и строгие блузы а-ля паж, и цветастые «полуголые» сарафаны с пышными складчатыми юбками, открывающие все еще роскошные, гладкие плечи. И даже в домашнем халатике Верочка была хороша. А уж когда полы халатика нечаянно распахивались и из-под них появлялась круглая, гладкая коленка, Геннадий Павлович замирал, громко сглатывал слюну и старался умерить дрожь в руках.

«Какое счастье, — с восторгом думал он. — Спустя почти тридцать лет меня волнует собственная жена! Моя возлюбленная, моя единственная, моя желанная». Подумать только — за все эти годы он ни разу — ни разу! — не посмотрел с вожделением на другую женщину, хотя женскую красоту всегда отмечал. Но кто мог сравниться с его Верушей?

Иногда, а такое часто бывало, глядя на спящую жену, он думал, что скорее всего было бы куда проще, если бы он меньше ее любил.

Стрельцов знал мужчин, которые вполне спокойно относились к своим половинам. Да что там спокойно — с годами появлялись и легкое пренебрежение, и явная раздражительность, и накопленная усталость. Это нормально, люди устают друг от друга, накапливаются претензии, обиды, возникают конфликты.

Только не у него. Он ни разу не поймал себя на мысли, что ему бы хотелось отдохнуть от жены, свалить, как все мужики, на охоту или рыбалку, пусть без ружей и удочек — просто так, в сугубо мужскую компанию, как говорится, без баб, с суровым мальчишником, расслабиться по полной, посидеть в русской баньке, потом выпить холодной водочки и трепаться, что называется, на пустую, вспоминая яркие эпизоды бурной молодости, по-мальчишески хвастать победами в драках и, конечно, бабами! Не хотелось ни разу! Сколько раз его звали на подобные мероприятия — не перечесть. В элитные клубы со стойким запахом дорогих сигар и элитного коньяка, на рыбалку в глухую деревню. Звали и в бани, что называется, «со всеми делами». Под этим подразумевались роскошные девки, тщательно отобранные. Как-то он там побывал. Нет, смутить его голыми сиськами-задницами было сложно. Но стало так мерзко, что он, сославшись на срочно выдуманную встречу, быстро оттуда свалил.

Ханжой он не был, пуританином тоже. Мужиков он не осуждал.

В молодости Стрельцов и сам погулял, что уж там. Красиво погулял, с заходами и загогулинами. И некрасиво тоже. Но все давно было забыто, как и не было, — память все стерла. Да и вообще — теперь ему казалось, что вся его прошлая жизнь, до Веруши: два дурацких, бестолковых, коротких и несчастливых брака и все многочисленные любовницы, на час или ночь, на месяц или полгода, — мираж, фикция, обман или дурацкий сон.

Ничего этого не было. Лица его женщин, как правило, красивых или просто интересных, слились в одно малоразличаемое, невнятное, тусклое, потертое — кто, как, зачем?

Жизнь его началась с Веруши. До этого была репетиция, черновик.

Его жена была талантлива во всем. А как она готовила, какие у нее получались супы, котлеты и пироги! Как он отъедался в первые годы их брака! Ел много и жадно — бедняк, не приученный к домашнему, не знавший нормальной заботы. Было неловко, а остановиться не мог. Стыдоба. Но Веруша только посмеивалась и, кажется, удивлялась. А он, взрослый, битый жизнью мужик, краснел, как пацан. И еще — очень ждал ночи. Скорее бы! Скорее бы прижать ее к себе, вдохнуть ее неповторимый запах, уткнуться носом в ее волосы, шею. И задохнуться от счастья.

А как его Верочка обставила дом! И дело тут было не в возможностях, поверьте. Кстати, сто лет назад, в другой жизни, в крошечной квартирке с окнами на шумную трассу, у нее тоже было уютно и симпатично: керамические вазочки с веточками багульника, вязаные салфетки, постеры на стенах, милые, уютные занавески. Она не гонялась за брендами — еще чего! Могла купить и за рубль, как говорится. И все ей шло, и все вставало на место — будь то недорогая тарелка на стену, невзрачная с виду вазочка, кружевная скатерка или репродукция.

Да, дом их, любимое имение, Веруша обставила с таким вкусом, что от восхищения замирали даже те, кто кое-что повидал в этой жизни.

Никакой вычурности, никакой демонстрации возможностей, никакой глупой и пошлой яркости не было в их новом загородном доме — все исключительно для жизни, чтобы было удобно хозяевам. Функционально, добротно, ну и, конечно, красиво.

И участок сама распланировала, и никакой ландшафтный дизайнер ей, умнице, не понадобился. И никакие дурацкие новшества в виде фонтанов, горок и вычурных садовых скульптур.

А цветы? Какой она развела цветник! Соседи приходили смотреть на него, как на чудо. Кусты разноцветных пионов — от кипенно-белых и бледнорозовых до темно-малиновых, почти фиолетовых, разноцветной сирени всевозможных сортов — от белой до чернильно-синей. А еще жасмин, огромные, с мужской кулак, садовые ромашки, разноцветные флоксы и пестрые ирисы, стайка робких васильков, полянка ландышей у забора. А поляна из желтых тюльпанов!

Все знакомое с детства, родное и близкое. Открытую веранду, на которой они обожали пить вечерний чай, оплетали густые ветки дикого винограда — по осени невозможных, сказочных цветов: желтого, оранжевого, малинового и бордового. Золотого! А плантация роз всевозможных оттенков, от белых и нежно-кремовых, лимонно-желтых, банальных бордовых и уж совсем чудных и редких, в голубизну.

Вера с гордостью щеголяла названиями: «Что-то глория дей загибается. Ой, рапсодия ин блю засыхает. А остина, подумай, цветет и не думает отцветать». И горестно вздыхала: «Как-то на флорентине в этом году мало соцветий».

Конечно же, помощники были — и садовник Иван Васильевич, служивший когда-то в ботаническом саду, и горничная Соня, и хромая повариха Евгеша с невероятными пронзительными угольными глазами, которые бывают только у армянок, — чудная и несчастная баба из бакинских беженок. Жизнь свою Евгеша в столице не устроила, на жилье не накопила, так всю жизнь и жила в поварихах да по чужим домам. Готовила она действительно восхитительно, сказочно, все ей было под силу: и бакинские кутабы, и армянская долма, и украинский борщ с галушками, и русские кислые щи. А уж какую стряпала солянку! Правда, характер у нее был не сахар — да оно и понятно, досталось ей. Ох, не дай бог. Из родного Баку молодая Евгеша бежала в январе девяностого, не спасло и то, что муж азербайджанец. Да и не было его тогда дома, работал он вахтенно, в море, на вышках. В тот страшный день в их квартиру ворвались бандиты с безумными, кровавыми глазами и стали искать золото. Евгеша, прижимая к груди трехлетнего сына, кивнула на ящик комода. Именно там лежали все ценности семейства Гуссейновых — немного простенького золота, подаренного на свадьбу, две пары сережек и несколько колечек, хлипкая пачечка денег, скопленных на новый цветной телевизор, да, пожалуй, и все.

Не побрезговали ничем — срывали покрывала с кроватей, обрезали люстру со штампованным, дешевым хрусталем, скомкали Евгешино стеганое пальто, схватили даже детский трехколесный велосипедик, подаренный сыну на день рождения, — тащили все подряд, озверело озирались по сторонам, что бы еще прихватить. На следующий день на лестничной клетке валялись непарные туфли и ботинки, кофточки и рубашки, крышки от сковородок и пачки с таблетками — все то, что в спешке обронили ублюдки.

Мальчик, увидев, что забирают его велосипед, устроил истерику.

Евгеша умоляла бандитов не забирать любимую игрушку.

И именно в эту минуту к ней подошел неказистый, мелкий и кривоногий урод и, скинув ее с дивана, пнул в живот грязным, скособоченным, огромным ботинком. Но этого ублюдку показалось мало — оглядевшись вокруг, он схватил табуретку с металлическими ногами и несколько раз, с размахом, опустил ее на Евгешины ноги.

Боясь, что сын испугается, засунув в рот кулак, Евгеша сдержала крик и стон.

Смотрела только на сына — не дай бог, что-нибудь сделают с ним!

— Гуссейнов он, — выкрикнула она, — ваш он, не армянин! Ребенка не трогайте, гады!

Ребенка действительно оставили в покое, и на этом спасибо.

А спустя два часа, когда погром в их дворе закончился, в открытую дверь Гуссейновых тихо вползла соседка Ирада-ханум, инвалидка семидесяти лет. Жила она с сыном, тоже нефтяником, хорошим парнем по имени Аббасс. Кое-как умыла плачущего малыша, напоила его айраном с лепешкой и, укрыв одеялом, под колыбельную попыталась его укачать. Измученный и обессиленный, мальчик тут же уснул, но с той поры спал тревожно, громко стеная во сне. И с этого же дня стал заикаться.

Ирада-ханум вызвала «Скорую». Приехала она лишь под утро, замученные медики объяснили, что вызовов море, резня по всему городу, куча раненых и много убитых. Евгеше промыли раны на ногах, наложили повязку и укололи антибиотиком и обезболивающим. И наказали завтра же обратиться в больницу, необходимо сделать рентген и получить лечение.

Растерянная Ирада-ханум предложила Гуссейновым ночевать в их квартире.

Евгеша отказалась и стала собирать вещи — то, что не унесли с собой эти выродки. Молча бросала в чемодан остатки одежды и обуви, вытащила альбом с семейными фотографиями — мама, папа, дедушка с бабушкой, сестры и братья, двоюродные и троюродные. Родных у Евгеши не было. Двоюродные и троюродные жили кто где — и в Ереване, и в Карабахе, и в Туле. И даже в Москве.

Она покормила сына остатками вчерашнего обеда и села на диван, не отрывая глаз от настенных часов, дешевеньких, пластиковых, оттого и не унесенных бандитами.

Вечером должен был вернуться с вахты муж.

В девять ноль-ноль дверь открылась и на пороге возник хозяин дома, Акрам Алекберович Гуссейнов. Увидев жену, он застыл и не смог сдвинуться с места. А когда немного пришел в себя, припал к ее ногам и разрыдался. Громко плакал Акрам Гуссейнов, не плакал — выл, как собака. Проклинал Аллаха и грозил ему кулаком. Просил прощения за свой народ и за всю эту мерзость.

— Это не твой народ, — глядя в стену, тихо сказала Евгеша, — это вообще не народ. И извиняться тебе не за что. Акрам, — она посмотрела мужу в глаза, — я уезжаю. Вернее — мы с Тофиком уезжаем. И я очень прошу тебя мне в этом помочь!

— Куда? — прохрипел муж.

— Пока не решила. Скорее всего, в Тулу к Рузанне или в Москву к кузену Амаяку.

— Нужна ты им, — отозвался муж и решительно добавил: — Решила — езжай. Только Тофика я тебе не отдам.

Евгеше показалось, что она ослышалась:

— Сына? Ты не отдашь мне моего сына?

Муж встал с колен, тщательно и неспешно отряхнул брюки.

— Моего, между прочим, тоже!

Никакие уговоры, никакие слезы не помогли — Евгеша понимала, что без мужа, без его помощи, из города ей не выбраться. А если решит бежать с ребенком, неизвестно, чем кончится дело. В аэропорту были страшные беспорядки. Рисковать сыном она не решилась

Утром Гуссейнов отвез ребенка в аул к дальней родне. Уверил Евгешу, что там спокойно и тихо.

— Конечно, — горько усмехнулась она. — Ведь там нет армян.

Решила так — устроится в России и заберет сына. Да и на первых порах ей, скорее всего, будет так трудно, что это даже хорошо, что она будет одна — кто возьмет ее на работу с маленьким ребенком? Так успокаивала себя несчастная женщина.

Муж исполнил все четко — договорился с милицией в аэропорту, достал билет и посадил Евгешу в самолет.

— Пока, — пряча глаза, проговорил он. — Ну должен же этот мрак скоро закончиться!

Она не ответила. Была тогда как замороженная, почти ни на что не реагировала, ничего вокруг не видела и, кажется, уже ничего не боялась.

Только нога очень болела. Очень.

В Москве все было сложно. Брат принял ее, но радости не проявил. Намекал, что надо бы на работу, иначе совсем свихнется. А у Евгеши не было сил подняться и заняться делами. Так и сидела целыми днями, глядя в стену с обоями в голубых мертвяцких розах.

Жена брата смотрела на нее с удивлением. Ну а потом добавилось и раздражение.

Как-то Евгеша услышала их разговор. Начала, конечно, золовка:

— И долго она так будет сидеть? Ладно, нога. Но ведь по дому-то может помочь! Сготовить чего-нибудь. Повариха же! Я тоже устаю. Ты знаешь, что у меня на работе!

На следующий день Евгеша оделась и пошла на улицу. В киоске купила газету с объявлениями о работе. Нашла. Требовался повар с опытом работы, чистоплотный и приятный внешне.

Евгеша посмотрела на себя в зеркало — приятная ли она внешне? Да нет, вряд ли. От ее приятности и следа не осталось.

Дохромала до парикмахерской, закрасила седину, привела в порядок ногти и брови и на следующий день поехала на собеседование.

Так началась ее новая жизнь в чужом доме — на кухне, с кастрюлями и сковородками.

Евгеша сменила несколько семей, пока попала к Стрельцовым.

Разные ей встречались люди — и хорошие, и плохие. Щедрые и скупые, пересчитывающие каждую луковицу и кусок сыра.

Но, по правде, ей было на все наплевать. Она честно делала свое дело, тщательно убирала кухню, чтобы ни соринки, ни пылинки, скребла кухонные доски, до исступления терла ножи, а потом уходила к себе.

Но именно там, в тишине и в покое, ей становилось совсем лихо. Она вспоминала всю свою жизнь. Как по большой любви они поженились с Гуссейновым, как складно жили, как понимали друг друга. Как были счастливы, когда родился их сын. Погром и те дни старалась не вспоминать. Но разве можно это забыть?

И как она тосковала по сыну. Муж — бывший или небывший? — ей исправно писал и присылал фотографии. Но забрать сына она не могла — куда, кто разрешит? Приходилось терпеть. А пока сын рос без нее. И в Баку она больше не ездила — теперь этот город, в котором она родилась и где родился ее сынок, был чужим и враждебным. Навсегда, и по-другому не будет.

Евгеша умоляла мужа привезти сына в Москву, хотя бы повидаться, взглянуть на него и обнять.

А тот все тянул, придумывал отговорки. Убеждал, что это будет только лишняя травма и для нее, и для сына. Евгеша плакала и соглашалась. Не дай бог, чтобы мальчику стало плохо и больно. Муж прав, ведь он отвык от нее.

А позже узнала — Гуссейнов женился и забрал Тофика из деревни. Тогда поняла окончательно: сына он никогда не отдаст. Сволочь не сволочь, а такие традиции: сын при разводе остается с отцом.

Молилась Евгеша об одном — чтобы мачеха оказалась приличным человеком и хорошо относилась к мальчику.

Кажется, так оно и было, бог услышал молитвы Евгении Гуссейновой. Хоть на этот раз — и на том спасибо.

Так и жила по домам. На улицу почти не выходила, только с шофером на рынок да в магазин. Все теперь ей было неинтересно. Жила как во сне: прошел день — и ладно. На мужчин не смотрела — какое! Кому нужна калека, да без своего угла? «Так и проживу по чужим людям, — решила Евгеша. — Выходит, такая судьба». Только хотелось поехать на могилы родителей. Но боялась города, некогда такого любимого, и встречи с подросшим сыном.

Когда Евгеша попала к Стрельцовым, поняла — повезло. Людей она считывала сразу, мгновенно, как рентген. Поняла, что *сам* ни во что лезть не будет — не тот человек, да и занят по горло. А хозяйка... Нет, не из стерв. Точно уж не из них — в глазах у Веры Андреевны, Веруши, стояла, как застывшее озеро, непонятная, странная и неизбывная печаль. И почему, интересно? Ведь, кажется, у нее все хорошо? Хотя кто что знает? В каждом дому по кому. Всякого Евгеша навидалась, всякого. Богатые тоже плачут, и как! Иногда горше, чем бедные, — им есть что терять.

Все оказалось так, как она себе и представляла — хозяин никуда не лез, нос в домашние дела не совал, а с хозяйкой удалось невозможное — они подружились, насколько могли подружиться такие женщины, как Вера Андреевна и Евгеша Гуссейнова.

* * *

Огород посадили ради шутки, для баловства, ничего серьезного. Но и тут у Веруши все прекрасно росло: и неизбалованные укроп и петрушка, и новички на российской земле базилик и тархун, и огурчики — да, да! В «огурцовый» год их было навалом, банки крутили Веруша и Евгеша, а рядом топтался и мешал Геннадий Павлович, приговаривая «какие же мы молодцы». Росли груши и сливы, подмосковные, мелкие, невзрачные, но сладкие вполне, из них варили варенье. А уж про яблоки и говорить нечего — и белый налив, и коричные, и поздняя антоновка. И малина имелась, и смородина — белая, красная, черная. И любимый Верушин крыжовник.

Конечно, помощь была и в огороде — два раза в неделю приходила молдаванка Марийка и пропалывала, окучивала, подрезала и учила Верушу премудростям. Но и Веруша на откуп хозяйство не отдавала.

Стрельцов удивлялся, поглядывая на нее из окна: в старереньком сарафане и в калошах его Веруша бродила по участку и контролировала хозяйство. «Девочка моя, — думал он, и сердце сладко замирало в груди. — Родная. Любимая. Счастье мое. И за что это мне?»

* * *

В первый раз Стрельцов женился в восемнадцать. Потом понял — от одиночества. Хотелось родного и близкого человека, тепла хотелось.

Его избранницей стала парикмахерша Инга, двадцати пяти лет. В парикмахерскую, стоявшую напротив дома, юный Гена Стрельцов забегал постричь буйный чуб.

Инга была высокой, худой и очень смуглой — оказалось, что у нее цыганские корни. На скуластом, остром лице горели огнем ярко-зеленые ведьминские глаза.

Была она насмешливой и языкатой, эта зеленоглазая ведьма.

Однажды ночью Генка Стрельцов заночевал у смуглянки, ну и, как говорится, пропал. Вспоминая ночные Ингины стоны, ее ловкие и проворные тонкие руки, длинные ноги, которые с дьявольским смехом она закидывала на его плечи, Гена Стрельцов не мог ни учиться, ни есть, ни спать — просто сходил с ума. Похудел на десять килограммов, и от его ненормального взгляда шарахались люди.

Это был морок, сумасшествие. Пару раз он чуть не попал под машину, не услышав резкого, протяжного гудка.

А цыганская ведьма издевалась: пущу — не пущу, приходи — не приходи. Бывало, что и дверь не открывала, мариновала парня, доводила до ручки, все про него понимая: первая женщина, абсолютное, форменное помешательство.

А он, дурак, решил, что выход есть один — жениться. Если Инга будет его законной женой, то куда она денется? И каждая ночь будет его.

Услышав предложение руки и сердца, Инга остолбенела — кажется, так на нее еще никто не западал. Что там говорить, с потенциальными женихами было не очень — кавалеров полно, любовников море, а вот замуж никто не звал.

Поехала к тетке-цыганке, сестре по отцу. Та жила в Перловке и слыла отменной гадалкой и этим промыслом кормила огромную, человек в двадцать, семью.

Тетка, перекинув помятый, изжеванный бычок «Беломора» из одного угла узкого сморщенного рта в другой, усмехнулась:

— А иди, девка! Ничего не теряешь. Как положено не вышла, иди хоть так. Хоть будет чем отмазаться — была замужем, вроде как приличная.

Инга растерялась — не ждала такого. Тетка между тем продолжила:

— А парня тебе не жалко? Вроде ни в чем не виноват. Загубишь ты его. Смотри, грех-то большой.

— Да плевать. — Инга беспечно махнула рукой. — Какое мне дело? Сам в петлю лезет, его воля.

— И то верно, — согласилась старуха. — Иди вон поешь на кухню. Девки обед только сварили.

Пошла. На огромной жаркой кухне толпилась куча народу — громкие, шумные, кто орет, кто смеется, кто плачет, кто ссорится. Родня по отцу. Отец умер, когда Инге было два года, и русская мать тут же ушла от цыган. Пока мать была жива, они жили вдвоем в комнате на самом краю Москвы, у Кольцевой. Мать работала в жэке диспетчером, отсюда и комната. Навещали цыганскую родню в Перловке редко, раза два в год. Обычаев Инга почти не знала, и жизнь родственников была ей непонятна. Она в их доме всегда терялась — языка почти не понимала, и дети, ее многочисленные сестры и братья, только над ней насмехались. Но цыгане им с матерью не давали пропасть — и деньгами помогали, и продуктами, такой обычай. Странный это был народ, странный. Шумный, крикливый, горластый.

И хоть Инга своей у цыган никогда не была, но кровь цыганская в ней бурлила, и иногда ее тянуло в Перловку. Зачем, почему — объяснить не могла. А как съездит — так еще сто лет не надо. Уставала там быстро, голова начинала трещать.

В Перловке ходили с матерью к отцу на кладбище. На могиле стоял высокий деревянный крест с простой надписью «Василий Яковлев, прожил двадцать два года».

У могилы мать плакала, причитала, а потом быстро собирались домой:

— Не могу я здесь ночевать. Не могу спать на полу среди кучи народа.

И вправду, возвращались в Москву, и их малюсенькая чистенькая комнатка казалась им раем.

Мать умерла, когда Инге было шестнадцать.

Родни по материнской линии у нее не было. Инга поехала в Перловку. Цыгане качали головами, цокали языками и говорили, что умерла Нина оттого, что ушла от цыган.

Денег дали, продуктов тоже, и тем же вечером Инга вернулась в Москву. Похоронив мать, зажила одна. Выучилась на парикмахера — всегда кусок хлеба.

Через полгода приехали цыгане и стали ее сватать. В качестве жениха предлагали пожилого вдовца с тремя детьми.

Инга поняла: хорошего жениха ей не предложат, все равно не своя. Молодой, обеспеченный, свободный цыган на ней не женится.

Родню она тогда выгнала и в тот же вечер поняла, что осталась на свете совсем одна.

Ну и зажила в свое удовольствие.

Правда, удовольствие это было сомнительное. Мужчины восхищались ею, но и побаивались — цыганка. Может и приворожить, и порчу навести. Откуда им знать, что Инга ничего этого она не умела — какая она цыганка, одно название.

После неудачного сватовства цыганская родня обиделась крепко и помогать перестала. Постепенно Ингино сердце наполнилось ненавистью к мужчинам — никому не нужна, только так, побаловаться, потешиться ее яркой и смуглой наготой.

А тут этот пацан, этот Генка. Смешно. Но влюблен, это видно. Влюблен так, что дрожит. Забавный, наивный, цветы таскает, конфеты. Симпатичный к тому же. Ну и решила — а черт с ним! Выйду судьбе назло! И пусть потом кто-то скажет, что непорядочная, что замуж не брали.

Конечно, понимала, что все это ненадолго. Прозреет пацан, придет в себя, опомнится, ну и свалит, конечно. Да и черт с ним. Зато останется штамп в паспорте. И еще у нее будет свадьба — настоящая, с фатой и белым платьем, с гостями, салатами и подарками. И еще — с криками «горько».

Но никакой такой свадьбы не получилось — нет, фата и платье были. И даже тоненькие золотые колечки. И загс был, и кафе. Только в кафе было всего шесть человек — она с Генкой и два Генкиных приятеля с девушками, такими же сопливыми, как и жених.

Девушки были заинтригованы и напуганы — настоящая цыганка, взрослая женщина, разглядывали ее, как обезьяну в зоопарке.

Родственники жениха на свадьбу не явились — невеста им пришлась явно не ко двору.

Ну и черт с ними, подумаешь! Цыган она сама не позвала — куда? Явятся толпой, знаем мы их. Начнут шуметь, горланить песни — ни угомонить, ни прокормить.

Да и с подарками не получилось — какие подарки от нищих студентов? Сложились и купили какой-то дурацкий набор дешевых фужеров под шампанское. Кому из них пить?

Гостей приглашать к себе Инга не собиралась — еще чего! Кормить этих желторотых сопливых птенцов, мужниных приятелей? Больно надо.

Посидели скромно, жених был в долгах как в шелках — на все пришлось занимать: на платье, костюм, кольца, кафе. Через пару часов пришли к Инге домой. Счастливый молодой муж кружил ее по комнатке. Она злилась и вырывалась. От злости и обиды расплакалась — не так она представляла свой праздник, не так.

А пьяненький Генка обиделся — правда, так и не понял, дурачок, чего она разревелась.

Прожили вместе они месяцев восемь.

Инга уходила на работу, Гена бежал в институт. Говорить им было не о чем. Вечером встречались и снова молчали. Инга видела, с каким нетерпением молодой дурачок ждет ночи, и раздраженно усмехалась — понятно, чего тебе еще надо, только об этом и думаешь!

Но со временем он успокоился, насытился женой и даже стал понемногу ею тяготиться. В студенческие компании убегал один, без нее. Правда, Инга туда и не рвалась. Сидела вечерами одна в темной комнате и ревела.

Ночи их стали спокойнее и прохладнее. Что называется, через раз. Ну и слава богу, все это ей давно надоело.

А однажды, проснувшись, решила: «Выгоню. Надоел. Какого черта он делает здесь, в моей комнате?»

Было воскресенье, и молодой муж безмятежно и сладко похрапывал.

Грубо ткнула его в плечо:

— Эй, просыпайся!

Генка недовольно открыл глаза.

— Вещи собирай, — коротко бросила она, — и чеши домой!

Он молчал. Инга ждала, что начнутся скандал, слезы, уговоры, мольбы о прощении.

Но ничего этого не случилось. Генка бодро кивнул, вскочил с постели и быстро стал бросать в чемодан свои вещи.

Щелкнув замком, обернулся:

— Ну я пошел?

— Иди, — устало проговорила она.

— Ну... тогда пока?

Она усмехнулась:

— Не пока, Гена, а прощай! Всего тебе самого.

— И тебе, — смущенно буркнул он и рванулся из комнаты.

Услышав стук входной двери, Инга испытала огромное облегчение. И еще глухую тоску. Она снова одна. Но разве она сама этого не хотела?

А Генка Стрельцов, молодой, свободный и счастливый, торопился домой.

Впереди его ждала длинная жизнь. Такая длинная, что от восторга замирало сердце. А свою первую женитьбу он постарается вычеркнуть из памяти. «Вот же глупость какая! — удивлялся он потом. — И надо же было так влипнуть! Ну я и мудак!»

Через пару месяцев истощенный постельными упражнениями Генка поправился, наел физиономию, пришел в себя и почти не вспоминал об Инге.

Ну и, конечно, загулял напропалую. Так загулял, что мама дорогая!

Однажды на улице Генку окликнули, он обернулся — немолодая полная женщина с хмурым лицом сурово спросила:

— Не узнаешь?

Генка медленно покачал головой.

Тетка недобро усмехнулась.

Наконец до него дошло — маникюрша из Ингиной парикмахерской, имени ее он, конечно, не помнил. Видел мельком, да и не до теток ему было тогда — в глаза слепила страсть, и, кроме Инги, он вообще никого не видел.

— Здрасте, — хмуро буркнул Генка и собрался быстро ретироваться.

Тетка его не отпускала:

— Вижу, живешь не тужишь! — В голосе ее звучал упрек.

— А что мне тужить? — нагло, с вызовом ответил Генка. — Вроде причин нет.

— Ага, нет. А про бывшую свою спросить не хочешь?

Генка растерялся:

— Да вроде бы нет.

Тетка его перебила.

— Уехала твоя Инга! — радостно сообщила она. — Замуж вышла за моряка и уехала во Владивосток! Письмо написала, что все у ней хорошо! Муж в загранку ходит, шмотки привозит. Квартира отдельная, однокомнатная. В общем, счастлива Инга! Понял, что я сказала?

— Ну и слава богу! — рассмеялся от такого напора Генка. — Я искренне рад за нее! А вообще — извините, мне это не интересно!

И, развернувшись, без всяких «до свидания» и «всего доброго» быстро пошел прочь. Точнее, побежал.

И вот что интересно — все эти месяцы Ингу он почти не вспоминал. А тут как нахлынуло — всю ночь ворочался, кряхтел, стонал, вспоминая их недолгую совместную жизнь. Точнее, ночи. А больше, кажется, и вспомнить было нечего. Только чудеса — стоило представить Ингу в объятиях морехода, как заливала его ревность — страшно, прямо до душевной боли, до дрожи.

Утром встал, как после тяжелого похмелья — морда серая, под глазами мешки, руки дрожат, ноги трясутся.

Но и это прошло через два дня.

Гена Стрельцов окончил институт и пошел работать.

Работа была хорошая, интересная, конечно же, по специальности — инженер канатных дорог.

В проектном институте было много молодежи. Сложилась большая компания, вместе ходили обедать в столовку, вместе распивали чаи, а по выходным обязательно выбирались в кино, зимой ездили в лес кататься на лыжах или на каток в Лужники, летом выбирались купаться в ближнее Подмосковье. А если уж была свободная хата, то, конечно, собирались там.

Естественно, все крутили романы — молодость, самое время!

Генка романиться на работе не собирался — лишние сложности. Но получилось по-другому, увы.

Опять влип, дурак.

Таня Кукушкина работала в соседнем отделе и считалась старой девой — двадцать восемь, а все в невестах. Была она некрасивой, блеклой и молчаливой — словом, типичная серая мышь. Про таких говорили — без пол-литра не подойдешь. Ну и случились эти самые пол-литра. Крепко поддавший Стрельцов на сабантуе по поводу ноябрьских праздников уложил Кукушкину в кровать — в койку, как говорится.

Все это заметили, сильно удивились, но не комментировали — не принято, все взрослые люди, да и кому какое дело, кто с кем прилег. Пару дней похихикали на тему, что Кукушкиной наконец повезло и она урвала свой «кусок счастья», и забыли.

И сам Генка забыл.

А вот Кукушкина нет.

Бедная Таня влюбилась и решила, что Гена Стрельцов предназначен ей самой судьбой. Нет, она не преследовала его. Но почему-то он постоянно на нее натыкался: то в коридоре, то в курилке, то в столовой, где тихая Таня занимала ему очередь и нарочито громко окликала:

— Ген, иди сюда, я тебе заняла!

Раз по пять в день, найдя смешной предлог, она заходила в его отдел и бросала на Гену отчаянные, полные любви и тоски взгляды.

Дальше — больше: скромная Таня Кукушкина стала сильно краситься и наряжаться.

Тетки Кукушкину жалели, а мужики посмеивались. Только Генка делал вид, что это его не касается. Он раздражался, пытался после работы поскорее исчезнуть и перестал ходить по выходным в общую компанию.

А через месяц Таня подкараулила его у проходной и, не поднимая глаз, сообщила о своей беременности.

Стрельцов впал в ступор.

— Как так? Нет, так не бывает! Этого просто не может быть! Чтобы так, с первого раза? Ты в этом уверена? — повторял он как заведенный.

— Уверена, была у врача, — монотонно повторяла Кукушкина и, подняв на него глаза, тихо, но твердо сказала: — Я, Гена, буду рожать. И это не обсуждается.

— Как — рожать? — чуть не плакал Гена. — Так, с ходу? Ты что, Кукушкина, спятила?

— С ходу? — недобро усмехнулась Таня. — Мне через неделю двадцать девять. Это не с ходу, Гена. Поверь. — И, развернувшись, с высоко поднятой головой пошла прочь.

Убитый Генка поплелся за ней.

Долго сидели на лавочке и молчали, а потом он снова пытался уговорить ее на аборт.

Сцепив зубы, Таня молча качала головой.

И Стрельцов понял, что влип окончательно. Такие, как эта Кукушкина, серые, тихие мышки на деле оказываются крепче закаленной дамасской стали, и с ними не сладить. Надо было придумать, как быть.

Уволиться с работы он не мог — молодой специалист. Тогда с этим было строго. А остаться в положении подонка и подлеца... Нет, мог, конечно. Но не хотел.

Месяц Генка раздумывал. Ловил на себе осуждающие взгляды коллег. Теперь Кукушкиной сочувствовали все без исключения. А Генку, разумеется, считали подлецом.

Через месяц Генка сделал Кукушкиной предложение.

Таня расцвела лицом и царственно кивнула — согласна.

Расписались они еще через месяц, и несчастный, но честный Стрельцов переехал в квартиру жены.

Это была крошечная двухкомнатная квартирка, где проживали еще Танин брат с женой и маленьким сыном.

Замужество старой девы-сестры в их планы не входило — Таня нянчилась с племянником, варила обеды и убирала квартиру. А теперь все катастрофически поменялось и вообще рухнуло в тартарары. Новая родня здоровалась с Генкой сквозь зубы, тут же были поделены полки в холодильнике и назначена очередь в ванную. Бедная Таня, теперь уже Стрельцова, страдала от страшного токсикоза и всемирной несправедливости. Ей искренне казалось, что брат с золовкой будут счастливы ее замужеству.

И начался ад. Таню все время тошнило — ни готовить, ни есть она не могла. Возле кровати стоял старый таз, куда она без конца блевала.

Сжав зубы, Генка Стрельцов варил себе пельмени под презрительным и насмешливым взглядом Ируси, Таниной золовки.

Домой ноги не несли. Как-то явился поддатый в полпервого ночи — с горя отрывался у друзей. Дверь ему не открыли — соблюдай правила общежития! Пришлось ночевать на вокзале.

Устроил скандал жене. Та плакала, объясняла, что брат ответственный квартиросъемщик и ничего поделать она не может.

Летом Таня родила девочку. Стрельцов встречал жену у роддома. Медсестра торжественно вручила ему туго спеленатый комок. Генка рассеянно глянул на дочку и затосковал — ничего к этому ребенку он не почувствовал. Ни-че-го! Так бывает? Ему казалось, что к дворовому щенку он бы испытал больше нежности и умиления.

Девочку назвали Наташей, в честь Таниной матери.

Наташа оказалась крикливой и болезненной, ночами Стрельцовы совсем не спали. Ируся стучала в стену:

44

— Уймите ребенка, нам с утра на работу!

Как будто ему, молодому папаше, было не на работу!

Ходил как пьяный, шарахался от стенки к стенке, шатался. Голова совсем не варила — не голова, а пивной котел.

Генка возненавидел весь мир. А больше всего — Кукушкину. Это она сломала ему жизнь. Подловила его, обманула. Заставила! Как же он был несчастен тогда. Боже мой, как несчастен! И к дочке своей, кровиночке, по-прежнему ничего не испытывал. Ничего, кроме раздражения и тоски.

Через год Стрельцов от жены ушел. Точнее, сбежал.

Она его не удерживала, все понимала. Не было у них жизни с самого первого дня, как не было и любви. Таня понимала, что никаким ребенком мужика не удержишь. Да и черт с ним, пусть идет. Теперь у нее есть дочка, а это главное. Она не одна. И еще — она была замужем! Так что и дочка у нее законная, и люди ее не осудят. А то, что развелась, так все и так разводятся, наплевать!

Стрельцов же был опять свободен. И опять чувствовал себя дураком.

Девочку Наташу, свою дочку, Стрельцов почти не видел — так, раз в год, не больше. А то и реже. Алименты платил, подарки на день рождения привозил, а что еще? Любить не заставишь. И Таня чужая, и дочка ее. Нехорошо, но так вышло. Бывает.

После второго развода Стрельцов окончательно слетел с катушек и женщин менял как перчатки. Длительных и серьезных романов не заводил, остерегался. Увлекался на коротко, но не влюблялся. Расставался легко и красиво, по крайней мере, старался. А уж осторожен был так, что связи подчас теряли свою остроту и прелесть. А все опыт, сын ошибок трудных.

Под первое сентября позвонила Кукушкина — по-прежнему он называл ее именно так — и попросила прийти в школу. Наташа шла в первый класс.

Нет, все понятно и все правильно — он обязан, *должен*. Но как же стало тошно.

Дочь Стрельцов не видел около около двух лет, так получилось. Боялся, что не узнает ее. Вот будет конфуз.

К зданию школы шел крадучись, как вор. Подойдя, принялся осторожно выглядывать Кукушкину. Увидел. Та держала за руку бледную и худенькую девочку с тощими косичками и пышными белыми бантами. Кажется, немного похожа на его мать. Или ему показалось?

Кукушкина постарела, выглядит, как пенсионерка. Нет, конечно, он немного преувеличил, но... Тетка. Серая, мрачная, тоскливая тетка. Брррр! И как его угораздило, господи?

Нацепив на лицо сияющую улыбку, Стрельцов быстрым шагом подошел к бывшей жене и дочке. При виде испуганных, наполнившихся слезами глаз девочки, кажется, впервые кольнуло сердце. «Гад я, сволочь, — думал Стрельцов. — Да что за жизнь такая паскудная!»

Он сунул дочке букет растрепавшихся астр, купленных по дороге у метро, шоколадку «Аленка» и торопливо попрощался:

— Ну я побежал? Работа, работа!

Бывшая жена пристально посмотрела на него и грустно кивнула:

— Конечно, беги. — И тихо добавила: — Спасибо, Гена, что не отказал, нашел время.

Почувствовав себя окончательным и безоговорочным подлецом, он покраснел, махнул рукой и быстро пошел прочь.

* * *

Веру Стрельцов встретил спустя четыре года, когда уже и не надеялся на любовь, не ждал ее и превратился в прожженного циника и отъявленного скептика.

Увидел и остолбенел, как молнией пробило: моя! Господи, а так бывает — чтобы так пронзило, так пробрало в одну минуту?

Оказалось, бывает.

Сошлись они сразу. Тянуть было нечего, терять драгоценное время — непростительная глупость. Они слишком долго шли друг к другу, и он, и она. И оба были несчастны. Спустя неделю Стрельцов переехал к Вере.

Он так скучал по ней, что не мог дождаться окончания рабочего дня. Мчался к ней, как мальчишка, сопляк, никогда не знавший женщин.

И сына ее, Вадьку, полюбил с первого дня. И сразу стал считать его своим, безо всяких там оговорок.

Вот правду говорят — если мужчина любит женщину, то и детей ее любит. А Стрельцов Веру очень любил. Очень. Он и не думал, что так бывает. Вот как ему повезло. К тому же Вадька был послушным, спокойным, как сейчас говорят, адекватным во всем. Прекрасно учился, с усердием занимался в шахматном кружке, а позже увлекся программированием. Все ему давалось легко — и гуманитарные дисциплины, и технические.

Веруша мечтала, чтобы сын стал врачом, спала и видела Вадика в белом халате. Он, почти никогда не возражавший, послушный и сдержанный, безоговорочно обожающий мать, в десятом классе впервые взбунтовался и наотрез отказался идти в медицинский.

Кажется, впервые у матери с сыном произошел серьезный конфликт. Веруша плакала, впала в депрессию и говорила, что рушится весь ее мир. Но Стрельцов сумел ее успокоить, убедить, что ломать жизнь парню не стоит, и вообще он серьезный, вдумчивый молодой человек, так что необходимо считаться с его желаниями.

Постепенно все успокоилось, вошло в свои берега. Вадик поступил — а кто бы сомневался — в МГУ на биофак.

Исподтишка разглядывая своего пасынка, Стрельцов ловил себя на мысли, что Вадик типичный «ботаник» — худой, длинный и немного неуклюжий очкарик вполне подходил под придуманный образ наивного, одержимого учебой недотепы.

Но внешний облик, как известно, обманчив — их сын не был ни наивным, ни слабохарактерным, и уж точно его нельзя было назвать недотепой. Вадик был собран, прагматичен и точно знал, как идти к своей цели.

Веруша успокоилась, понемногу пришла в себя и наконец выдохнула: сын увлечен и счастлив, а что еще надо родителям? Она принялась рассматривать возможные варианты отъезда Вадима за рубеж.

Российская наука прочно стояла на месте и практически не финансировалась. Вадим занимался довольно узкой областью биологии, и к пятому курсу было очевидно, что на родине, увы, ему делать нечего — придется уехать.

Диплом сын защитил, как и ожидали, с блеском. Он переписывался с тремя серьезнейшими колледжами в Америке и в Японии, Вера Андреевна уже почти смирилась с мыслью, что Вадим уедет, но в этот ответственный и крайне важный момент ее мальчик, спокойный и, как казалось, рациональный и даже немного холодноватый, безумно влюбился. Даже так — Вадик пропал. И в это же самое время — вот оно, совпадение — была куплена и даже отремонтирована квартира в Огайо, в пятнадцати минутах спокойным шагом до университетской лаборатории.

В том, что Вадима неожиданно настигло такое сокрушительное чувство, ничего удивительного, а уж тем более странного не было — его сверстники уже давно пережили и первую, и даже вторую любови. Некоторые успели жениться и развестись, а кто-то уже стал отцом. Вера Андреевна и Геннадий Павлович прекрасно все понимали. И, что самое главное, избранницей сына были довольны. Просто в связи с внезапно возникшей — аварийной, как говорила Вера Андреевна, — ситуацией рушились тщательно выстроенные, выношенные планы семьи. Внезапная и вполне ожидаемая страсть накрыла их бедного сына за восемь месяцев до подтвержденного отъезда.

Всегда собранный, Вадик растерянно хлопал глазами, беспомощно протирал в сотый раз очки и разводил руками:

— Мама, я правда не знаю, что делать! Ну ты хоть не мучай меня и пойми!

Понимать Вера Андреевна категорически отказывалась — все уже почти срослось — был выбран университет, куплена и отремонтирована квартира, впереди маячили и прекрасная карьера, и успех, и приличные деньги. Но главное не это — главное то, что их сын занимался бы любимым делом! Позади было три года сложнейшей переписки и налаживания контактов, три года нервов, трудов и бессонных ночей. Куча собеседований и бесконечных тестов. И вот на выходе, когда все, казалось бы, срослось и решилось, произошли перемены. Да что там перемены — рушилась жизнь.

Да, девочка, страстная любовь их сына, была замечательной, из приличной, интеллигентной семьи врачей, с прекрасным воспитанием и образованием. Да и сама Марина, Маришка, как называли ее все, была чудесной: и умница, и красавица, и будущий врач. Геннадий Павлович неловко шутил:

— Не получился эскулап из сына, получи докторицу-дочку.

Все так, да. Все так. Но дело было вот в чем — Марина училась только на третьем курсе. А это означало, что впереди у нее еще три года учебы плюс ординатура и интернатура.

Бросать на третьем курсе медицинский было бы совсем нелепо, это все понимали. И по всему выходило, что Вадик должен оставаться в Москве. Естественно, его самостоятельный отъезд не обсуждался. Точнее, попытки обсудить его были, но тут Вера Андреевна потерпела полнейший крах:

— Я без Маришки? Без жены? Мама, какие перспективы и договоренности? Ты о чем? Что мне важнее Маришки? Карьера?

На осторожный Верин кивок Вадик истерично расхохотался.

Геннадий Павлович смотрел на Веру и делал «страшные глаза». Она плакала.

Вадик громко хлопнул дверью и ушел.

— Куда он? — повторяла рыдающая мать. — Гена! Куда он? Он к нам не вернется?

— Господи, Веруша! Ну конечно же, к Марине, куда же еще? Ничего, успокоится, придет в себя. Меня беспокоишь ты, у тебя слабое сердце и нервы! Успокойся, родная! Все наладится, все устаканится. Для меня главное твое здоровье! А все остальное, если честно, меня вообще не трогает.

Вера Андреевна зарыдала еще пуще:

— Все остальное? Это ты называешь «остальное»?

Через десять минут они, как обычно, помирились. Геннадий Павлович обнял жену, и, чуть покачиваясь, просидели они в этой неудобной позе довольно долго.

Да, безусловно, было безумно обидно. Обидно, жалко, почти катастрофа. И все непонятно — впереди несколько лет Марининой учебы, насмарку все усилия. Что будет потом? Возьмут ли его? Не забудут ли о нем? Да и чем ему заниматься здесь, пока Марина учится? Наука развалена, денег не платят. Хотя разве дело в деньгах? Слава богу, родители прокормили бы молодую семью, речь не о том. Речь о потере драгоценнейшего времени. Да и политическая обстановка оставляла желать лучшего, отношения между странами стремительно портились.

Но делать было нечего. В конце концов, повлиять на это Стрельцовы не могли. Попытаться уговорить Марину? Убедить ее, что ей ради карьеры мужа надо оставить учебу? Нет, это было бы крайне непорядочно — предлагать молодой, умной женщине пожертвовать собственной карьерой ради их сына. Да и сын им никогда бы этого не простил.

По всему выходило, что надо просто смириться. Просто сказать себе: «Не получилось». Жизнь сама внесла свои коррективы, так часто бывает.

И еще надо надеяться на хорошее. К этому призывал расстроенную и всхлипывающую жену мудрый Геннадий Павлович: все, что ни делается, как известно, делается к лучшему.

В общем, смирились и стали готовиться к свадьбе.

Но тут произошло непредвиденное. Спустя несколько месяцев, аккурат перед свадьбой, когда был, наконец, выбран ресторан и даже заказаны кольца, молодые расстались. Как, почему — этого никто не знал и не понимал. Такая любовь, такие страсти — и на тебе!

Вера Андреевна испытывала странные чувства. С одной стороны, если честно, она была рада. Оперативно узнала, что еще есть возможность уехать, успеть к началу учебного года. Времени совсем мало, но шанс есть. Если, конечно, на место Вадика не нашлось претендента.

Да, да, ему надо уехать. Переключиться, поменять обстановку, заняться любимым делом. Только так он сможет быстрее забыть Марину.

Но странное дело — сын не страдал. Нет, не так — он, разумеется, переживал, стал еще более замкнутым, молчаливым, подолгу не выходил из своей комнаты. Но все-таки это казалось Вере не страданиями, а лишь расстройством. Цена страданий ей, увы, была хорошо известна.

В общем, расставание сын пережил довольно легко. Да и слава богу — произошло все как-то слишком стремительно. Неужели так сильно было разочарование? Загадка. Сколько ни пытались Стрельцовы ее разгадать — не удалось.

Но самое странное и обидное случилось потом. После расставания с Мариной и своего, так сказать, освобождения от обязательств Вадим за границу не уехал. Сказал, что перегорел.

Конечно, Вера Андреевна снова переживала, но повлиять ни на что не могла. Крепким орешком оказался их сын, сами не ожидали. Почти два года Вадик работал в известном институте на должности младшего научного сотрудника.

Вера видела — разочаровывается. С каждым днем разочаровывается, буквально с каждым.

И вот однажды за семейным ужином он попросил отца взять его на работу.

Если бы Стрельцовы видели себя со стороны, наверняка бы рассмеялись — как говорится, немая сцена. Два полуоткрытых рта и четыре хлопающих глаза.

Казалось, воздух застыл. Первым оправился Геннадий Павлович, умница Геннадий Павлович, ее любимый Геша, Генчик, Генсек — генеральный секретарь их семьи.

— Ну и правильно, — громко сглотнул он и махом выпил бокал вина. — Ты все решил правильно, сын! Бизнес — дело умных и смелых. И ты нам подходишь. — Он делано рассмеялся. — Все правильно, да, — придав голосу уверенности повторил Стрельцов. — А эта наука...

При слове «наука» Вадик чуть дернулся.

— В общем, буду думать, куда тебя приспособить. Деньги — это свобода, сын, ты мне поверь. А свобода — это, знаешь ли, все! — Растерянный и смущенный, Геннадий Павлович встал из-за стола, нежно чмокнул в бледную щеку жену, похлопал по плечу сына и вышел из столовой.

Вера молчала. Молчал и Вадим. Наконец произнес:

— Прости меня, мам. Если сможешь, конечно.

Вера Андреевна ничего не ответила. В голове было глухо и пусто. «Вся жизнь, — думала она, — вся жизнь в тартарары! К чертям собачьим вся жизнь. Ну вот, я опять проиграла».

Но, как часто бывает, все оказалось не так трагично и сложно. Вадим стал работать в фирме отца, и, по словам самого Геннадия Павловича, фирме от сына был только прибыток. «Талантливый человек талантлив во всем», — не уставал повторять муж. И Вера ему верила. Знала, что сын умница и трудяга. Но как же обидно, что ее мальчик не стал ученым! Да и бизнес — это Вера уже понимала — дело нечистое, как ни крути. И еще — такой тихий мальчик и такие повороты судьбы...

Должность и деньги изменили Вадима, он приосанился, стал увереннее, возмужал и даже похорошел — окреп физически и стал следить за собой — так было принято в его кругу успешных, небедных молодых предпринимателей. Обязательный спортзал три раза в неделю, там же бассейн, правильное питание, ну и все остальное, включая гольф и горные лыжи.

С отцом отношения у них не только не испортились, чего так боялась Вера, а стали еще крепче, и привязанность сделалась еще сильнее. Никаких, как это обычно бывает, конфликтов. Счастье.

И Вера Андреевна наконец успокоилась, в который раз оценив мудрость пословицы: «Все, что ни делается, делается к лучшему».

Беспокоило только одно — выстраивать серьезные отношения и жениться их сын, кажется, не собирался.

Душевная травма? Возможно. Или повзрослел и вкусил свободы и денег?

Кстати! Как-то случайно, ну разумеется, встретила Марину, несостоявшуюся невестку. Вернее, увидела ее из окна машины на долгом светофоре в районе Павелецкой.

Марина стояла на переходе и говорила по телефону. В правой руке телефон, в левой — ладошка мальчика лет четырех. Хорошенького, кудрявого, похожего на нее.

Вера Андреевна высунулась в окно, чтобы разглядеть Марину поближе, но в эту минуту зажегся зеленый и длиннющая вереница автомобилей медленно сдвинулась с места.

Выходит, у Марины все хорошо. Ну и слава богу, ничего плохого она ей не желает. И никогда не желала. И еще... почувствовала, как немного кольнула зависть — этот кудрявый пацан мог быть ее внуком.

Нет, Вадик прав — торопиться в этом вопросе точно не надо. Не надо на затуманенную голову, не надо на голову ошалелую — все так. Но и затягивать с этим делом, знаете ли, не стоит.

Впрочем, с Генашей они поженились, будучи людьми зрелыми и опытными, и именно потому и оценили друг друга.

Но опасения, даже страх оставались. А вдруг? Вдруг их единственный сын останется в холостяках и они никогда не дождутся внуков?

Две долгие связи сына после страстной любви и странного расставания с Маришей были понятны и объяснимы — первая с чудесной девушкой Нелли, красавицей и умницей, племянницей их приятелей. Потом связь с Нателлой, женщиной замечательной, но разведенной и имеющей ребенка, а самое главное — на пять лет старше Вадима. Эти романы ни к чему не привели.

Вера и Геннадий Павлович очень надеялись — да что там, были почти уверены, — что роман с Нелли окончится браком. Вера тайком разглядывала каталоги со свадебными платьями, прикидывая, какое подойдет Нелли лучше. Вадим был влюблен, это было видно. Нелли, искренняя, открытая, в выражениях эмоций не стесняющаяся, смотрела на него глазами, полными восхищения и любви. Нет, даже не так, не любви — обожания.

И вдруг все закончилось. Оборвалось вмиг, никто не успел ничего понять. Нелли и Вадим поехали на горнолыжный курорт. Долго мечтали об этом, готовились: купили новые, яркие, оранжево-синие, одинаковые костюмы и шапочки, Нелли, как лыжник неопытный, волновалась и нервничала, то и дело теребила невозмутимого Вадика, задавала ему кучу вопросов.

Десять дней они провели в Шамони — зимняя сказка, очаровывающие виды. Ежедневно присылали фотографии: рты у обоих до ушей, сияющие глаза, все в обнимку, вприлипку — идиллия.

И все, конец. После приезда они, кажется, больше не общались.

На робкий Верин вопрос, что случилось, сын скривился:

— Мама, прости. Есть вещи, о которых не говорят даже самым близким.

Все, точка. Больше вопросов Вера не задавала. Но неизвестность мучила и угнетала. Решилась позвонить несостоявшейся невестке — были они, как ни крути, в дружеских отношениях, и Вера принимала ее как дорогого гостя и близкого человека.

Долго собиралась с духом, волновалась, как ее поступок воспримет взрослый сын. Не дай бог испортить с ним отношения. Потерять доверие Вадима было для нее самым страшным. И все-таки решилась.

Нелли ответила легко и бодро:

— А, это вы, Вера Андреевна! Как поживаете?

Смущенная ее доброжелательностью, Вера пробормотала что-то невнятное и тут же попросила о встрече — голос ее звучал жалко, просительно. Нелепо прозвучали и банальные слова: «Я старше и опытнее, думаю, ты с этим согласна! Может, я тебе помогу?»

Нелли сухо извинилась: дескать, очень занята, совещание. Обещала перезвонить.

Но не перезвонила. А когда Вера решилась еще раз набрать ее номер, телефон был заблокирован. Вера поняла, что ее внесли в черный список.

Караулить ее у работы или у дома? Глупости. Вера взрослая женщина и, в конце концов, ни в чем не виновата перед этой соплюшкой. Обида и унижение были сильными. Но с мужем не поделилась — у того был странный и тяжелый комплекс: не дай бог, чтобы Вера попала в унизительную ситуацию, чтобы ее обидели, посягнули на ее достоинство, в чем-то незаслуженно обвинили. Стрельцов считал, что его обожаемую жену в жизни и так достаточно унижали и обижали. Да, собственно, так оно и было. И то, что из трепетной, наивной и светлой девочки Вера превратилась в Снежную королеву, спокойную и рассудительную, деловитую и разумную, достойно и без истерик принимающую удары судьбы, — результат негативного жизненного опыта, увы.

Сыну она о разговоре с его бывшей невестой тоже ничего не сказала.

А после двухнедельной бессонницы приказала себе все это забыть — как не было. В конце концов, очередная девочка, сколько их было и сколько будет! И черт с ней.

А через некоторое время узнала, в чем дело. Сплетни дошли. Еще бы — ведь вагон общих знакомых.

Нелли поставила жесткие условия — свадьба через три, максимум пять месяцев. Вадим жениться не собирался, точнее, еще не собрался. В этом деле он был тугодумом. А Нелли настаивала.

Он убеждал ее подождать, хотя бы год-полтора, на работе тогда было сложно, тяжелый контракт с китайцами, огромный проект, требующий невероятных усилий. Вадик и муж мотались в Пекин и, сменяя друг друга, застревали там на полгода.

Нашла коса на камень. Начались скандалы и взаимные претензии. А Вадик этого не переносил, равно как и давления на себя. Понял, что если уступит, то милая, хрупкая Нелли сотрет его в порошок.

Узнав правду, Вера успокоилась и оправдала сына. Все правильно. Нежная фиалка Нелли оказалась акулой, это подтвердили и некоторые знакомые.

Нателла появилась спустя год. Поначалу сын ее скрывал, не показывал. Заинтригованная, Вера пыталась получить хоть какую-то информацию — в конце концов, круг был достаточно узок.

Ну и получила. Разведенная женщина, старше ее сына, дочке пять лет. Красавица, умница, из хорошей семьи. С мужем не сложилось, бывает.

Вера молчала. Самое главное — Вадик окончательно пришел в себя после разрыва с Нелли и даже, похоже, влюбился.

Но женитьба? Нет, ребенок тут ни при чем, Вера сама вышла замуж с сыном на руках. Ребенок не может быть помехой. Но Вадик — и нужно в этом признаться — совсем не похож на Гену. И вряд ли он примет чужого ребенка так, как принял его самого Геннадий Павлович. Да и вообще — к чему лишние проблемы? Вадим молодой, успешный, все, как говорится, при нем. А тут женщина старше, да еще и с ребенком. Да неужели же не нашлось более юных и свободных от всяких оков?

Вере было стыдно за пошлые, мещанские мысли, с ее-то собственной историей. Но мысли были, были. Что поделаешь — мать.

Однако того, чего она так опасалась, не случилось — спустя три года сын с Нателлой расстался.

Нельзя сказать, что Вера облегченно выдохнула, вовсе нет. Они с избранницей сына давно познакомились и даже вполне подружились. Женщиной она была тонкой и мягкой, а дочка ее, прелестная, черноглазая, умненькая и воспитанная, была Вере очень симпатична.

Но нет, не сложилось у них с Вадимом. И снова вопрос — почему?

Звонить Нателле, взрослой женщине, проводить дознание было совсем уж неловко. А сын, как всегда, ничего не объяснил:

— Да, расстались. А что в этом такого?

На Верино возмущенное «Как же так, я же к ним привыкла!» ответил почти грубо: «Значит, отвыкнешь».

Вера обиделась, даже оскорбилась, и с сыном не разговаривала несколько дней.

Утешил муж:

— Ну и слава богу! Мало девиц? Ничего, не волнуйся, через месяц будет другая!

Ну нет, все-таки это не про ее Вадика. Ни ловеласом, ни бонвиваном, ни банальным бабником он не был.

И все-таки — почему? Почему снова не сложилось?

Вера опять страдала, горячо мечтала о внуках, осторожно намекала сыну, что давно пора жениться и наконец устроить личную жизнь. Перевалит за сорок — все, конец. Старый холостяк — это диагноз.

На Верин вопрос «почему?» ответил коротко и внятно:

— Мамуль, когда решусь жениться, сразу к тебе, пред твои мудрые очи! А так — да зачем, сама рассуди. И вам с папой напряг, и нам ни к чему.

Не возразишь — разумно. Но как-то слишком разумно, не так ли?

Однако дождались, слава богу! Дождались! Сынок их сподобился! И свадьба была назначена, тьфу-тьфу, чтобы не сглазить.

Правда, от будущей невестки Вера в восторге не была. «Но и это дело обычное, — балагурил Генаша. — Покажи мне свекровь, довольную своей невесткой».

Вера Андреевна раздраженно отмахивалась.

Говорить об этом с мужем не хотелось, да и ни к чему. Вот в этом он ее не поддерживал. И обсуждать это с Тамаркой не очень хотелось, хотя эту животрепещущую тему подруга бы с радостью подхватила. Ух, здесь Томка бы разошлась! Оставалась Евгеша. Но она молчунья, лишних и ненужных комментариев не дает, нигде и ничем не обмолвится, верный человек.

На разумный вопрос Евгеши, а что в девушке не так, Вера Андреевна ответила туманно:

— Не знаю. Но чую сердцем. — И тут же растерянно и торопливо добавила: — А может, я не права. — Она тяжело присела, достала сигарету. — Материнское сердце вещун, — произнесла она задумчиво.

Вере от этих слов стало только горше и тяжелее. Может, она все придумала от безделья?

И тут сын объявил, что появится в доме с невестой, уже, так сказать, официальной, и взволнованная Вера принялась тщательно продумывать, как принять важную гостью, что подать на стол, что надеть к торжественному дню.

Три дня готовились. Евгеша выискивала рецепты изысканных, неизбитых закусок — ну разве удивишь современную молодежь салатом оливье или селедкой под шубой? Да и не едят они сейчас майонез и прочие «гадости».

Колдовали два дня — салат с креветками и авокадо, салатные листья с натертым рокфором и ананасами, моцарелла с базиликом под темным соусом, баклажаны с кедровыми орешками. На горячее было решено подать утиные грудки с апельсином.

Две ночи Вера не спала. И вот настал час икс.

Она надела красивое платье и туфли, накрасилась и села в кресло. Волнение было такое, что сама удивлялась.

Сын с невестой должны были явиться в восемь. А появились в полдесятого. И даже спокойный, уравновешенный Геннадий Павлович, злой как черт, мотался по комнате и покрякивал, что было высшей степенью раздражения.

Телефон сына был вне зоны действия сети.

Вера, уставившись в одну точку, с идеально прямой, напряженной спиной, сидела как мумия.

А бедная Евгеша страдала над подсохшими и опавшими салатами и курила одну за одной.

Но вот молодые явились. На пороге стояли их счастливый, улыбающийся во весь рот сын и молодая женщина в простых голубоватых джинсах с прорехами, в простенькой маечке с открытой спиной и кроссовках на босу ногу. Была она довольно милой, даже красивой: высокие острые скулы, широкие темные брови, глубоко посаженные черные глаза, широковатый короткий нос и большой, «буратиний», рот. Такие лица сейчас были в моде. Хороши были волосы — густые, прямые, блестящие, чернильно-черного, в синеву, цвета.

Увидев расстроенных и обиженных родителей, Вадим нахмурился и скупо извинился.

Протянув Вере руку, девушка представилась:

— Лидия.

И на Верино сухое «очень приятно» удивленно вскинула брови и с немым вопросом посмотрела на жениха: «Разве мы провинились? Лично я ничего не заметила!»

Конечно, в такой ситуации Вера и не подумала обнять будущую невестку и сказать ласковые слова, заученные накануне. Вот еще! Не тот был характер у Веры Андреевны.

Чуть позже она с трудом нацепила нечто похожее на улыбку.

Геннадий Павлович смотрел на сына с укоризной и покачивал головой.

— Ну разве так можно, ведь взрослые люди, — не удержался он. — Ну неужели нельзя было проверить телефон? Три часа вас не было в зоне доступа. И что нам думать, как ты считаешь?

Оправдывался Вадим, Лидия молчала и по-прежнему смотрела на все с недоумением и, кажется, уже с раздражением.

Вера пошла на кухню к Евгеше. Хотелось разреветься, выплакаться, вылить обиду.

Но Евгеша быстро ее приструнила:

— Всё, хорош! От любви совсем крышу снесло нашему мальчику. Всё, всё. Всем успокоиться, улыбнуться и к столу. Выпить по рюмке, потом по второй — и увидишь, все расслабятся и всё встанет на свои места. Марш в столовую! Ну а я понесу закуски. Впрочем, — пробормотала она, — это уже не закуски, а говно.

Получилось все так, как советовала мудрая Евгеша — после первых двух рюмок напряжение спало, беседа кое-как потекла, и все вроде стало налаживаться.

Только вот гости отказались от еды — перекусили в загородном ресторанчике неподалеку от дома Стрельцовых.

— Как же так? — возмутилась Вера. — Вы же знали, что мы вас ждем.

— Лидия проголодалась, — коротко и раздраженно бросил сын. — Мы долго гуляли по лесу. Мам, а что здесь удивительного? И вообще, ты бы порадовалась. Мы так редко бываем на воздухе, а тут бродили по лесу аж пару часов! — Но в голосе его не было оправдательных ноток — только раздражение и досада.

После этих слов у Веры Андреевны полезли глаза на лоб. Она посмотрела на мужа, ища у него защиты. Но Геннадий Павлович взгляд ее не поймал — точнее, отвел свой. «И ты, Брут», — с досадой подумала она.

А будущая невестка и не подумала извиниться. Вера перехватила ее удивленный и недоумевающий взгляд — что это за насилие, что за претензии? Ах, ну да, все понятно — ее будущая свекровь еще какая цаца! Бывшая красавица, богачка с прислугой, избалованная любовью мужа и послушностью сына.

«Ну-ну, дорогая Вера Андреевна, — читала Вера в ее глазах. — Власть переменилась. Или вы не заметили?»

Все она заметила, все! И раздражение сына, и его «забывчивость» — никогда раньше он не опаздывал к семейному ужину. А этот легкомысленный наряд, эти дырявые портки, эта полуголая майка? Вся эта нарочитая небрежность, пренебрежение? А она-то готовилась, ночей не спала! И платье это дурацкое надела, и туфли! И эти подвядшие салаты, и засохшая, никому не нужная утка.

«Лидия проголодалась». Все, точка. И ерунда, что он взрослый и состоявшийся мужчина. Очевидно, эта, с позволения сказать, невеста крутит им, как сопливым мальчишкой. И так теперь будет всегда.

«Только бы не разреветься, — думала Вера, комкая в руке салфетку. — Да не дай бог! Чтобы *она* увидела мои слезы?»

На Верин вопрос — как ей казалось, самый естественный — «Лидия, а кто ваши родители, ну и вообще, если можно, о вашей семье?» — сын дернулся и бросил на мать злобный взгляд.

— Родители? — переспросила Лидия. — Да никаких тайн, поверьте! Вырастил меня отец, я из Комсомольска-на-Амуре, знаете такой городок? Отец работал на КНААЗе. Слышали?

Стрельцовы покачали головами.

— Авиационный завод имени Гагарина, — пояснила Лидия. — Сейчас он пенсионер, копается на дачке, растит помидоры. Ездит туда на своей тарахтелке, так я называю его старый «Москвич». Материально я ему помогаю. — И она с облегчением, словно оттарабанила заранее выученный урок, замолчала.

Вадим смотрел глазами в тарелку и почему-то был сильно напряжен.

«Тайны? — подумала Вера. — Или просто взбесился, что я задала вопрос?»

— А ваша мама? — кашлянув, осторожно спросила она.

— Мама? А мамы у нас нет, мама нас бросила.

Вот так. Мамы у нас нет, мама нас бросила.

Пила? Гуляла? Выходит, ничего благополучного. Просто так женщина не оставляет ребенка. А гены? Ох... Отец на тарахтелке, дачка, помидоры... Нет, Вера никогда не презирала бедных, да и к приезжим относилась спокойно — разные люди наполняли Москву. Были и те, кто искренне полюбил город и приносил ему пользу. Но эти приезжие девочки... Нет, все понятно — им надо стараться. Им надо очень стараться, чтобы зацепиться здесь, урвать свое от жизни, сделать карьеру, выстоять. И именно они лезут напролом, не гнушаясь различными методами. И ничего их не смущает. И пашут они как лошади. Вера и жалела их, и немного побаивалась.

Кто знает, что у них в голове? Да любая бы мать, честное слово, испытывала бы такие же чувства. Любит ли эта Лидия ее сына?

А это покажет дальнейшая жизнь.

Но пока выходило так — семья неблагополучная, не их круга. Едва так подумав, Вера тут же устыдилась, отругала себя: «А ты? Забыла, сколько съела дерьма? Твой круг? А разве ты сама, сама не презираешь свой так называемый круг?»

Веру эта Лидия определенно считает избалованной барынькой — а какие еще бывают барыньки? Богатый муж, прислуга, кухарка, садовник. Высокомерная москвичка и богачка, все так. Так все и выглядело на первый взгляд.

А что касается сына... Вышло по хрестоматии — довыбирался. Долго искал и нашел.

Вера сделала вывод — никакая. Никакая эта Лидия, ни о чем. Ни красоты, ни воспитания, ни тепла. Обычная, таких пучок на пятак. И никогда у них с Верой не будет теплых и доверительных отношений — это понятно и ясно уже сегодня, сейчас.

И надо же — после всех его женщин эта обычная девушка. И чем она его привлекла, вот интересно?

Словом, так тщательно продуманный вечер надежд не оправдал.

Ночевать молодые не остались. После чая — слава богу, что хоть от чая не отказались, впрочем, Вере было уже все равно — быстро собрались и уехали в Москву.

Евгеша молча собирала посуду. Вера в полной темноте сидела в кресле в столовой. На душе было пасмурно. И это очень и очень мягко говоря.

Геннадий Павлович смотрел телевизор без звука.
В доме воцарилась страшная, пугающая и тревожная тишина.

Когда Вера поднялась и пошла к себе, муж, кажется, этого не заметил.

В полдвенадцатого Геннадий Павлович зашел к Вере в спальню, сел на кровать, взял ее за руку.

— Ну что делать, Веруша, что делать. Мы-то переживем, верно? Конечно, переживем! — Муж добавил оптимизма в голосе. — А куда нам деваться? Ну и, в конце концов, Вера. — Он слегка сжал ее холодную, безжизненную руку. — В конце концов, главное, чтобы наш балбес был доволен и счастлив! Ну правильно я говорю? Вместе нам не жить, и то слава богу. И самое главное — мы, Вера, есть друг у друга! Правда, родная?

Вера, отвернувшись к стене, по-прежнему не отвечала.

— Спи, дорогая! День был тяжелый. Да, неудачный был день. Но может быть, совпадение? Хочется верить в лучшее, хочется! И ты, Веруша, умница. Ты все наладишь! Раз он выбрал эту Лидию, значит, она неплохая? Подстроишься, наладишь контакт. В конце концов, ты же женщина, Вера! Ну ради нашего сына, ради Вадима...

Вера упрямо возразила:

— Не подстроюсь, не жди. И никакие контакты, как ты изволил выразиться, лично я налаживать не собираюсь! Все, Гена, иди. Я устала.

Геннадий Павлович прекрасно знал свою жену — сейчас ее просто надо оставить в покое. Вера такой человек — упрямый и в чем-то негибкий. И, кстати, сын их, Вадим, точно в нее.

А потом она разберется. Веруша действительно большая умница и человек замечательный. Непростой, даже трудный, но замечательный! Но бывало иногда, бывало — как замкнет, так не разомкнет. Это про его Веру. Но наверняка все наладится и будет в порядке.

Покрякивая от расстройства, Геннадий Павлович отправился в библиотеку — после такого вряд ли удастся уснуть. «Вадик и вправду козел. И эта девица... туда же. Ох, детки!»

Но через три дня Вадим примчался в имение — цветы, любимые мамины конфеты и раскаяние на лице.

Через полчаса трудного разговора, Вериных претензий, его оправданий и извинений сын был прощен, и в семье воцарился мир и покой.

Евгеша накрыла в беседке — холодный борщ, жареный карп, кисель из смородины и ватрушки с малиной. Обедали втроем — в кои-то веки Евгеша дала себя уговорить к ним присоединиться.

Говорили обо всем, было видно, что Вадим счастлив, а уж про Веру и нечего говорить — Вера сияла.

Про Лидию ни слова — здесь Вера была как скала.

Но свадьбу обсуждать пришлось, куда денешься. И сын попросил мать помочь в ее организации — занят он был страшно, сплошные командировки, да и у Лидии куча срочных и неотложных дел по работе. Тут Вера еле сдержалась, чтобы сына не подколоть. Но одновременно воспряла духом — выходит, сын не списал ее, ему нужны ее помощь, ее возможности и безупречный вкус.

Мир был восстановлен, и Вера ожила, у нее появились дела.

Геннадий Павлович был счастлив — Веруша успокоилась и занялась делами. А их было море! На свадьбе единственного сына экономия неуместна.

Уж здесь-то Вера Андреевна хотела размахнуться! Нет, никаких купеческих замашек у нее не было, о чем вы! Веруша и дурновкусие? Ей хотелось не пышности, а красоты. Моря цветов, красивых молодоженов, и черт с ней, с этой Лидией. Женится ее единственный сын! Хотелось изысканного, вкуснейшего и красивого стола и много гостей. Красивый праздник хоть чуть-чуть примирит ее со всем остальным.

Стрельцов ни в чем жене не отказывал. Никогда не отказывал, а уж здесь! Уговорил и ошарашенного сына — зная собственную мать, тот сильно удивился ее размаху. Вадим почему-то чувствовал свою вину и с пышным торжеством смирился.

И Вера Андреевна занялась предсвадебными хлопотами. А их было — кошмар! «Если бы знала, — повторяла она, — ни за что бы не согласилась».

Но Стрельцов понимал — кокетничает. Поди предложи ей сейчас от всего отказаться! Ага, как же! Веруша так увлечена и озабочена, так возбуждена и оживленна, что даже переживания по поводу невестки, кажется, отошли на второй план.

Главное для Геннадия Павловича были Верочкин покой и Верочкино счастье.

Выбрали загородный ресторан-усадьбу с прекрасным парком, уютным помещением, гравийными дорожками, уединенными беседками, роскошными клумбами и тенистыми уголками.

Рядом чистая, неглубокая речка с купальней, милые номера для отдыха гостей. Составили, тысячу раз обсудив, меню. Четыре раза Стрельцовы ездили на «апробацию» — пробовали и закуски, и горячее, и десерты. Выбрали эскизы свадебного торта, купили обручальные кольца и костюм жениху. Заказали свадебный букет невесты — ландыши и незабудки, мило, свежо и не очень избито. Впрочем, оценит ли? Вопрос. Тщательно продумали список гостей.

Конечно же, не избежали и встреч с невестой — слава богу, довольно редких. Лидия была теперь в Москве набегами, готовила большую конференцию в предместье Праги.

Все, что ей предлагали, она просматривала бегло и невнимательно, приговаривая, что вкусу Веры Андреевны доверяет полностью, а вообще все это ей по большому счету по барабану.

От этих слов Вера Андреевна вздрагивала.

Конечно, свадьба — праздник для родителей, всем это понятно. Так что свои разочарования и мелкие обиды Вера запрятала глубоко-глубоко — в конце концов, все это она делает для сына. А Лидия — так, сбоку припека. Хотя без нее в этом деле не обойтись.

Кстати, про «праздник для родителей». По понятным причинам будущий сват в хлопотах не участвовал.

— Копается в огороде или чинит свою тарахтелку, — недобро шутила Вера.

— Ну и слава богу, — радовался Стрельцов, — тебе он здесь нужен?

К свадьбе отец Лидии обещал приехать.

Вера Андреевна нервничала, не спала ночами, раздражалась на все, мгновенно закипала, но все молча терпели ее инквизицию.

Впрочем, она так старалась! Не для себя же, для сына, для молодых! Сколько потрачено сил, сколько эмоций, сколько вложено трудов, а сколько нервов? Кто считал ее бессонные ночи? Ну а про деньги мы не говорим — Геночка сказал, чтобы деньги она не считала:

— Какие деньги, Веруша? О чем ты? Трать сколько надо, потом разберемся.

И странное дело — Вере Андреевне, расчетливой по природе и уж определенно не транжире, здесь абсолютно сорвало крышу. Она, как говорится, «гуляла по буфету».

Но все имеет начало и конец. Несколько месяцев подготовки и кропотливой работы, тщательнейших поисков лучших вариантов, и вот все готово — уффф! Теперь можно выдохнуть. Усадьба найдена, программа составлена, меню выверено. Платье невесте куплено — здесь уж сама Лидия сподобилась подобрать в Праге. Костюм жениха ждал своего часа в шкафу. Теперь оставалось пережить само событие — грандиозное, красивое и, кажется, даже роскошное.

Перед торжеством Вера Андреевна провела ряд косметических процедур — слава богу, нашлось время. Пошила чудесное платье из венецианского шелка, купила прелестные, удобные лодочки от Балдинини и почти успокоилась.

Но тут свалился сюрприз, который приготовил их замечательный сын Вадим, — пригласил на свадьбу своего биологического отца, Вериного бывшего мужа.

И это оказалось ударом.

Первый Верин брак был, как у многих, студенческим. Шальная молодость, бесшабашность, роковая ошибка и роковая же страсть, первая большая любовь и неимоверная, глубочайшая глупость — все по сценарию. И Вадим все это знал. Так же как и то, сколько горя и слез принес этот брак его матери.

Но тут он стоял крепче скалы. И всяческие уговоры отказаться от этой затеи, все разумные доводы, слезы и объяснения не принимались — в конце концов, он был сыном своей упрямой, непреклонной и непримиримой матери.

Вера Андреевна пила успокоительное и плакала. Теперь, правда, украдкой — не дай бог, ее слезы увидит Генаша! Еще подумает черт-те что. Ну, например, что живы старые и давние обиды, что она волнуется перед встречей, переживает, что бывший муж увидит ее постаревшей. Словом, фантазии усталой, немолодой женщины.

Да и видеть ее большое расстройство по этому поводу Геннадию Павловичу не полагалось — в конце концов, все цивилизованные люди. И Вера изо всех сил скрывала свои страдания, но муж, безусловно, видел и ее покрасневшие глаза, и припухшие веки. И тоже всерьез злился на сына. Вот прямо не мог Вадим пережить отсутствие этого, с позволения сказать, папаши на семейном торжестве. Надо же так испортить настроение матери и так задеть самолюбие отца — не обидеть, нет, еще чего, много чести — именно задеть, зацепить! Но Геннадий Павлович это спокойно переживет. Подумаешь! Ему наплевать — ну посмотрит на этого сверчка, ну поздоровается, перекинется парочкой слов — делов-то! Он думал о Вере.

Кстати, ничего хорошего о бывшем муже Вера никогда не говорила, а даже наоборот, называла и сволочью, и дураком, и негодяем. И презирала его от души, и насмехалась над ним. И никакой он не монстр — еще чего, слишком жирно! Обычное рядовое ничтожество, неудачник.

К кому ревновать?

Но Стрельцов знал — вернее, чувствовал: любила его Веруша этого хмыря. Очень любила. Впрочем, старался об этом не думать, потому что больно. Его Веруша, его жена и — другой мужчина? Нет, нет. Стрельцов был человеком разумным, земным, практическим, как говорится. Конечно, он все понимал! Ревновать Веру к событиям столетней давности? Смешно? И все-таки ревновал. Но тщательно это скрывал.

Первого мужа Веры Андреевны звали Роберт. Роберт Красовский — что-то было там польское, кажется, дед по отцу. Но имечко, а? Интересно, как называла его Вера в некоторые моменты? Робик, Робка? Робуля? О господи... Нелепым был этот Робик, хлыщом, пижоном, под стать своему дурацкому имени и, кстати, довольно красивой фамилии.

Встречались они со Стрельцовым несколько раз по молодости, случалось — задохлик с изысканными типа манерами, умник, этакий представитель мыслящей интеллигенции, богемы, твою мать. Нога за ногу, узлом, тонкие, нервные пальцы, изящные кисти. Очки — а как же без них интеллигентному человеку? Ну и бородка, естественно. Как же мы без бородки? Клинышком такая, не лопатой, конечно. Эдакая шкиперская, пижонская бородка.

Ломаный весь, трухлявый. В глазах вечная мука, страдание. Так и хотелось спросить: «За что страдаете, милейший? Разумеется, за человечество? За этот, так сказать, несовершенный и жестокий мир? Переживаете за всеобщую несправедливость?»

Знавали таких мучеников — одни разговоры. Ни на какие действия они способны не были, максимум — треп на кухне, и то с оглядкой, потому что трусливы. Они вечно недовольны, все им не так. А на деле — пустопорожние болтуны. Ничего созидательного — как же, марать наши тонкие пальчики? Бизнес? Увольте. Мы люди порядочные, в ваши нечестные игры не играем. И деньги презираем, потому что чистыми они не бывают, особенно в нашей стране.

Это про него — врун, болтун и хохотун. Очень верно.

Женщин они любят, восхищаются ими, пишут им стихи. И — все, достаточно. Зачем, к примеру, любимой женщине третья пара туфель? А уж шуба из натурального меха? Тут же брезгливо заявляют, дескать, убивать беззащитных, ни в чем не повинных зверей — пошлость и гадость. Бриллианты? Еще большая пошлость. И вообще — красота человека в его внутреннем мире.

В семье они тоже пустые, одна болтовня. О детях не заботятся, о родителях тоже. Правда, и он далеко не хороший отец. Как говорится, не ему их судить. Но своей Наташке и квартиру купил, и машину. И на дачку подкинул. И денег давал — на все, что бы ни попросила. Да, откупиться легче, чем дать любовь и заботу. Но у него так сложилось.

В молодости таких, как этот Красовский, Стрельцов встречал довольно часто, а в зрелости такие типажи с его горизонта исчезли — в новых реалиях им было не выжить. Многие спились или свалили. Правда, и там, за кордоном, все повторилось. Диван, глаза в потолок, ностальгия и депрессия. А бедные жены мыли сортиры и ухаживали за стариками. Иногда эти женщины прозревали и никчемностей своих бросали.

Кому-то из этих хлюпиков удавалось пристроиться, например, выгодно жениться.

И успешные жены принимались одевать и обувать своих никчемностей, покупать им хорошие машины, возить за рубеж. Другие начинали таких мужей тихо ненавидеть, понимая, что это только тяжелый рюкзак за спиной, лишний рот и кровопийца. Но не бросали — жалко, как говорится, вся жизнь позади.

Те, кто пошустрее, заводили любовников. Не для души — так, для здоровья, например, своего же водителя, молодого и крепкого, или партнера — тоже из незаморачивающихся. И никаких серьезных отношений — гостиница, секс и домой. И это хоть как-то примиряло с обстоятельствами.

А «домашнее животное» по-прежнему лежало на диване, смотрело в потолок, страдало, обижалось и возмущалось: «Что с тобой стало, господи? Как же тебя испортили деньги!»

Да уж, типажи. Вернее — типажики.

Стрельцов был уверен, что этот никчемный Робик, этот тощий хлыщ, именно из таких. Верушу не осуждал — что там, ошиблась по молодости! Да и какое право он имеет ее осуждать, с его-то дурацкими браками?

Веруша, светлая душа, во многом наивная. Уболтал ее этот пижон, запудрил мозги. Правда, быстро разобралась, умница, что и почем.

Выгнала его. Бедствовала, жила на крошечную зарплату, тащила парня.

Кажется, даже любовников у нее не было — наверняка он не знал, Веруша не из болтливых. Но думать так Геннадию Павловичу очень хотелось. Нет, не так — на эту тему он вообще запрещал себе думать.

Он очень хотел усыновить Вадика. Она долго сопротивлялась, спорила, плакала, что это ее бывшего унизит. Дурочка! Наивная девочка. Да он бы только обрадовался, этот пижон!

И все-таки Геннадий Павлович уговорил Веру с этим Робертом поговорить. Правда, здорово потом пожалел — со свидания с бывшим Веруша пришла заплаканная и злая. Весь вечер молчала. А потом выдала:

— Зря я тебя послушала, зря! Пошла у тебя на поводу! Знала ведь, чем все закончится!

— И чем же? — с сарказмом спросил он. — Отказал?

— Естественно! — зло выкрикнула она. — Это его сын! Единственный, между прочим. И почему он должен отказываться от отцовства? Ради тебя?

Стрельцов еле сдержался, чтобы не нахамить: «Конечно! Конечно, — зло усмехнулся он. — Дал пару раз по пятерке. Небольшая докука. Зато остался, по его мнению, порядочным человеком, как же».

Слава богу, сдержался, иначе бы точно случился крупный раздор. А раздоры с любимой женой он, могучий Стрельцов, переживал тяжело.

Тогда, в молодости, с сыном Красовский встречался раз в две недели. Иногда реже. Обычная программа безденежных отцов — киношка, мороженое, зоопарк. Копеечные подарки на дни рождения, на взгляд Стрельцова, так просто унизительные, как насмешка. Например, на двенадцатилетие сына папаша приволок свой старый диапроектор и диафильмы. Как, а? Вадик поковырялся с полчаса с дурацкой техникой и задвинул все это в кладовку.

Вера ничего не прокомментировала, только хмыкнула. Но было видно, что и ей это неприятно.

Ну и Стрельцов, разумеется, выступил — взял Вадьку и рванул с ним в «Детский мир». А уж там развернулся.

И наградой ему были радостные и смущенные Верушины глаза, когда они, усталые и нагруженные, ввалились в квартиру. И Стрельцов почувствовал себя самым счастливым. Никогда и ничего он для Вадима не жалел. Никогда! И ни разу не подумал, что Верин сын ему не родной.

Или было, все-таки было... Злился пару раз на Вадика за нерешительность, за упрямство. И в эти минуты ему казалось, что все эти черты точно от этого, мать его, Красовского. Как-то не удержался, хмыкнул — кажется, тогда в очередной раз Вадик приволок от папаши какую-то ненужную копеечную чушь.

Веруша нахмурилась:

— Зря ты так! У него просто нет денег. А ты уже забыл, что такое нет денег! Не осуждай его. Что может, то и дарит.

А кто в этом виноват? Кто виноват в том, что у него нет денег? Что гол как сокол? Он, Стрельцов, который вкалывал с утра до ночи, чтобы его женщина и ребенок жили в достатке? Который многим поступился, на многое закрывал глаза, многое старался не замечать? И не вспоминать, кстати, тоже. Он виноват в том, что, когда он пахал, как конь на пашне, не спал ночами, набирал кредиты, не будучи уверенным в том, что сможет их отдать, его предшественник сидел в салоне проката видеокассет, смотрел дурацкие фильмы, поедая доширак, и крепко спал по ночам? «Не осуждай». Да ради бога! Ему вообще наплевать на эту никчемность. Только пожалеть.

Да и видок у этого Роберта, если честно. Жалкий такой, неприкаянный. Свитерок из прошлого, двадцатилетней давности. Портки из крупного и модного когда-то вельвета, вытянутые на коленях, мокасины раздолбанные, очочки чиненые-перечиненые. Но фасон держал, о чем вы! И ботиночки свои, когда-то модные, английской фирмы, берег, набоечки ставил и никогда не менял. Как же — классика, на века. Наверняка с чьего-то барского плеча или из комиссионки. И портки в рубчик, темно-оливковые, тоже фирменные, не снимал. И свитерок, когда-то не из дешевых, почти вытертый, но кашемир, с пижонскими кожаными заплатками на локтях, почти белесыми, полупрозрачными.

Но тряпки эти, поношенные, заношенные и престарелые, хоть и дорогие когда-то и модные, не красили его, а только усугубляли его жалкий, сиротский видок. Дурак. Купил бы обычные джинсы, кроссовки и свежий свитер — был бы похож на человека. Так нет же, пижонит. И трубочку покуривает, ага. На приличные сигареты денег-то нет, а дерьмо типа «Примы» курить западло. Ну трубка, конечно! Бороденка, трубка, потертый вельвет. Хемингуэй чертов. И сам он, этот Роберт, дешевый анахронизм.

Он так и не женился, этот хрен Красовский. Только сожительницы — словечко-то, а? Плюнуть охота. Да и кому нужен это нищеброд и зануда? Наверняка все по-прежнему критикует и ненавидит, богатых считает ворьем, власть костерит. Такие, как он, во всем винят кого угодно, только не себя.

Кстати, было однажды, сто лет назад, и такое — этот неудачник в очередной раз остался без работы. Правда, и потерянную работу работой назвать было трудно: сидел в каком-то совместном предприятии ночным сторожем, караулил детский сад, это самое совместное предприятие снимало крыло садика под свой офис — тогда, в девяностые, это было обычным делом.

Ну а потом, как водится, предприятие прогорело, немцы-партнеры свалили домой, и милый друг оказался на улице.

Веруша принялась за него хлопотать — обзванивала знакомых, упрашивала, унижалась. Наблюдать за этим было невыносимо.

Стрельцов упорно молчал. Выжидал, понимая, чем кончится дело. Не ошибся — после бесплодных попыток, раздраженная и смущенная, жена обратилась к нему. Да еще и с упреком — дескать, видишь, как я бьюсь, и молчишь, как не слышишь.

С обидой сказала, со злостью.

Стрельцов сделал «большие глаза»:

— А я-то тут при чем, Веруша? Какое я имею к этому отношение?

Жена разгневалась не на шутку:

— Ты? Отношение? Да бывшие супруги — это почти родственники! У меня, между прочим, от этого человека сын! А у тебя, Гена, безграничные возможности! Тебе это раз плюнуть! Да и чем он виноват перед тобой? Разве сделать доброе дело для кого-то — стыд? Тем более для хорошо знакомого че...

Он жестко прервал ее:

— Родственники? Ты хочешь сказать, что твой бывший мне родственник? Нет, извини! И хлопотать за него я не собираюсь. Уволь! Потому что считаю его бездельником, никчемным лузером и лентяем. А про сына ты, Вера, зря. Я считаю Вадима своим сыном. И, кажется, я ему неплохой отец. Я, а не он, твой несчастный Красовский. Или не так?

Вера смутилась, залилась свекольной краской, распсиховалась, но ничего не ответила, ушла к себе. А раздраженный и оскорбленный Стрельцов еще долго не мог прийти в себя. Еще чего — устраивать жизнь ее бывшего! Что сделал плохого? Сделал, да. Встретил его женщину раньше него. Попался под ноги. Влюбил в себя, пустомеля. И сына ей сделал. А он, Стрельцов, не смог. Не получилось у них. Кто виноват — бог знает.

Нет, по врачам не ходили. Вера сказала, что детей дает Бог и все остальное неправильно. На осмотре была, анализы сдала. Все нормально, без проблем. Да и сам Стрельцов был здоров как бык. Но детей не было.

Вера утешала его:

— У меня, точнее у нас, есть Вадик. У тебя Наташа. Разве нам плохо?

К тому же сына рожала она тяжело, с осложнениями, и вторых родов очень боялась. Ну и смирились. Но долго Стрельцов еще надеялся и верил — а вдруг? Вдруг случится?

Но нет, не случилось.

Ну да ладно, проехали. В конце концов, у него была Вера. И по большому счету больше никто ему не был нужен, она заменила Стрельцову всех.

С выросшей дочкой он по-прежнему не встречался, отсылал деньги — и все. Во-первых, бывшая жена вышла замуж, и ее нового мужа Наташа называла отцом. А во-вторых, Кукушкина с мужем и дочкой переехали в Ярославль. Нет, не бог весть какое расстояние, понятно. Было бы желание, как говорится. Но желания не было.

Как-то Стрельцов был в Костроме по делам — рядом, восемьдесят километров, полтора часа езды. Думал долго — рвануть? И времени было полно, и скука смертная. Но потом передумал — зачем? Зачем тревожить дочь, зачем нервировать бывшую? Да и вообще — за-чем? Ему это надо? Точно нет. И им наверняка тоже. Прокрутил в голове сотню раз, и сомнения прочь. С тем и уснул. И в который раз обвинил не себя — обстоятельства.

Однажды *этот* — так называл бывшего мужа Веруши Геннадий Павлович — зашел к ним домой по делу. Что там было, Стрельцов не помнил, да и какая разница. Неловко топтался в прихожей и уже там, кажется, слегка ошалел. Еще бы! Шелковые обои, комод с инкрустацией, козетка за черт-те какие деньги. Веруша три ночи не спала, мечтая о ней. Два итальянских бра из муранского стекла и персидский коврик, шелковый, вишневый, под обои. А еще картинки там всякие, штучки-дрючки, прибамбасы.

Стоит, близорукими глазками хлопает и шуточки дурацкие откидывает:

— А можно попросить политического убежища в вашей прихожей? Готов спать тут же, на коврике, котомку под голову.

— Нельзя, — не поймав шутки, зло буркнул Стрельцов. — Не сдается.

Веруша коротко глянула на мужа и, кажется, осудила.

Позвала бывшего попить чаю, и он, представьте, не отказался.

На кухне — Стрельцов зашел на минуту и тут же вышел — тот еще больше обомлел. И это понятно — пятнадцать квадратов, итальянский гарнитур, столешница из натурального мрамора. Дубовые окна, техника «Милле». Короче, есть от чего обомлеть.

Стрельцов усмехнулся и по-хозяйски бросил жене:

— Покорми гостя!

Вышло это пренебрежительно, даже с презрением. Типа чернь кормят на кухне. Унизить его хотел, что уж. Веруша растерянно кивнула.

Стрельцов бросил гостю:

— Прости, дела! — и стремительно вышел прочь. Много чести распивать чаи с этим уродом.

Но в коридоре задержался, захотелось подслушать.

— Да, — без восторга, но с плохо скрытыми восхищением и завистью протянул ошарашенный гость. — Хоромы у вас, Вера Андреевна! Кучеряво живете.

С замершим сердцем Стрельцов ожидал Верин ответ.

— Красиво, — спокойно и с достоинством поправила она. — Муж старается. И это, кажется, не грех — жить красиво. И пашет он, не жалея сил. Хочет, чтобы его семья ни в чем не нуждалась и чтобы у его близких не было проблем. Впрочем, — Вера вздохнула, — ты это вряд ли поймешь.

Сказала как припечатала.

А Стрельцов облегченно выдохнул: «О как! Ну молодец, Веруша! Отбрила!»

— И что, семья проблем не знает? — громко втянув чай, юродивым голоском поинтересовался гость. — Выходит, старательный он у тебя!

«Ох, вшивая ты мелочь! — Стрельцов задохнулся от ярости. — Еще и подкалывает, сука!»

— Это, Роб, называется хороший и любящий муж, если ты не понял! И твои идиотские шуточки здесь неуместны. Нет, я, конечно, все понимаю — пытаешься оправдаться за то, что не получилось у тебя. Комплексы, сочувствую. К тому же ста-ра-тель-ный, — по слогам произнесла она, — это не ругательство, если ты не в курсе. И это еще подразумевает ответственность и любовь, Роберт. Потому что он мужчина. Мужик.

От удовольствия Стрельцов бросило в пот: «Браво, Верочка!» Мужчина. Мужик. Есть ли лучшая похвала для мужика? Дала этому таракану по морде! Врезала. И еще кое-что он узнал: как Вера его называла — Роб. Роб, боб, озноб. «Робин Бобин Барабек, скушал сорок человек...» — вспомнил Стрельцов детскую считалку.

Шел по длинному коридору и опять бормотал: «Роб, гардероб, сугроб. Сгреб, стоп. Микроб. Гроб! О господи! Скорее бы ты сгреб, микроб! Или так: в лоб и в гроб!» И Стрельцов засмеялся тоненьким, не свойственным ему смехом. «Ну и мудак вы, Геннадий Павлович, ну и идиот! Ревнуете, батенька? Правильно делаете. Значит, жива любовь, жив курилка!»

Впрочем, в этом он и не сомневался. «Скорее бы свалил, — с тоской подумал Стрельцов. — А уж тогда я обниму свою Верушу так, чтобы косточки хрустнули. Я же не эта нежить, хлюпик этот. Это я умею — кровушка-то крестьянская, как ни крути!»

Выкатился *этот* минут через сорок, и эти сорок минут показались Стрельцову вечностью. Когда хлопнула входная дверь, он наконец облегченно выдохнул. Вышел в кухню, равнодушно спросил, что на обед.

Молчаливая и, кажется, расстроенная Веруша засовывала в холодильник копченую колбасу и ветчину — выходит, не побрезговал милый друг нечестными, как уверенно считал, денежками. Приложился к деликатесикам от души. Ну и ладно, не жалко. Черт с ним! Действительно пора обедать. Что там сегодня нам бог послал? Борщец и жаркое с гречневой кашей? Ну и отлично.

Вымыв руки и сев за стол, с деланым равнодушием Стрельцов осведомился:

— Ну как наш любезный Роберт? И как ему наша квартира?

Вера ответила строго и коротко:

— В любезные записал его, заметь, ты, а не я. Лично мне он не любезен. А квартира, — жена усмехнулась, — квартиру твою он не разглядывал. Ему, Гена, это неинтересно! У него другие проблемы и увлечения. — И, шмякнув на стол плошку с маринованными помидорами, она обернулась к плите.

Вот так. И правильно — не будешь подкалывать. И идиота из себя строить не будешь. Щелкнула по носу — получи. И одного щелкнула, и второго. Умница, Верочка. Все-таки дураки мужики. Ох, дураки. И борщ — вкуснейший, на рыночной говяжьей грудинке, Стрельцов проглотил без всякого аппетита.

Конечно, Геннадий Павлович Стрельцов не был так прост, как иногда хотел казаться. Дескать, простите за ради бога, сразу не въехал, от сохи мы, крестьянского корня. Где уж нам до вас, до шибко умных и образованных? Да, любил Стрельцов по ситуации включить простачка. Но на самом деле был умным, хватким, усидчивым, толковым и очень работоспособным. И еще — очень стремился выскочить. Очень. Потому что знал, как бывает, когда нечего жрать. И как бывает, когда богато и жирно — было у него и то, и это. И памятью господь не обделил, помнил все.

Крестьянские корни? Помилуйте! Да, папаша был из крестьян. Но сбежал от тяжелого и скудного сельского быта в шестнадцать и прямиком в столицу-матушку, на вольные хлеба. Пахал как вол, чтобы прижиться в суровом, неприветливом городе. Лимите — а называли приезжих именно так — было непросто. Но и не прост был Пашка Стрельцов. Отбарабанив лет десять на Лихачевском автомобилестроительном, параллельно окончил машиностроительный факультет и торопливо рванул наверх. За несколько лет вырос от мастера цеха до инженера.

Платили тогда неплохо, хороший инженер был в цене. Только вот жил Павел Стрельцов все еще в общежитии, в связи с холостяцким, так сказать, статусом.

Девиц у него было полно. Высоченный, чубатый, перспективный парень был нарасхват. Только не то все это было, не то. Не цепляло. Одна из Пашкиных дам, Варька Сутомлина, спортсменка и красавица, пасла его несколько лет. Хороша была эта Варвара, кто ж спорит: высокая, под стать Пашке, длинноногая и чернокосая, глаза сверкают и прожигают насквозь. Берегись! Своя была, деревенская, из лимиты.

— Женись на мне, Пашка! — жарко шептала она, обдавая его горячим и сладким дыханием. — Такие у нас детки получатся! Женой я тебе буду хорошей, сам знаешь. Голодным и грязным ходить не будешь. Жизнь за тебя отдам, Паша! Потому что люблю!

Тяжелая Варькина голова давила на Пашкино плечо. Было жарко, он сильно потел.

Небрежно отодвинув Варькину смуглую сильную руку, Пашка нахмурился:

— Рано об этом говорить. Рано. Еще жилье получить надо, а уж потом семью заводить.

Варька зло рассмеялась:

— Врешь! Сам знаешь — женишься, и сразу ордер дадут, такие правила! Врешь ты все, Паша! Просто... — Варька горько всхлипывала. — Просто не любишь.

Пашка раздраженно спрыгнул с кровати, жалобно, в тон Варькиному настроению, заныли пружины. Хватанул папиросу и встал у окна. Курил молча и жадно и возражать подруге не стал.

— Что, права? — с деланым задором спросила Варька, надеясь на возражения. — Угадала?

— Не знаю, — честно ответил кандидат в члены партии, — скорее всего, так.

Пока Варька, истерично всхлипывая, натягивала юбку и кофту, Павел по-прежнему стоял у окна. Хлопнула дверь, но он не обернулся.

«Так — значит, так», — подумал Стрельцов-старший и почему-то почувствовал облегчение. Да разве он виноват в том, что полюбить красавицу Варьку так и не смог? Все про нее понимал, а сердце молчало.

Почему-то мечталось совсем о другой — нежной, тихой, тоненькой, беленькой девочке с очень задумчивым взглядом и обязательно с книжкой в руке.

Беленькая и задумчивая девочка с книжкой попалась ему ровно через полгода, в подмосковной электричке. Она сидела напротив и пыталась читать, но получалось у нее плохо — глаза слипались, книжка падала на колени, и аккуратная головка с нежными льняными кудрями клонилась к плечу соседа — толстого и противного мужика в засаленной кепке.

«Эх, не повезло! — с отчаянием подумал Павел. — Вот бы я был на месте толстого!»

На станции «Удельная» блондиночка встрепенулась, испуганно глянула в окно, охнула и, подскочив, бросилась к выходу.

Павел рванул за ней.

В тот же вечер они познакомились. Девушку звали нежным именем Светлана. «Светик, Светлячок», — твердил он про себя.

Так и повелось — всю жизнь он звал ее Светлячком.

Света была коренной москвичкой, воспитанной профессором папой. Мама скончалась при родах.

Света училась в пединституте и страстно мечтала отдать детям всю себя. Педагогику считала главной из наук — что в ребенка заложишь, то и вырастет.

Стрельцов осаждал крепость по имени Света два года.

Главным и самым серьезным препятствием стал будущий тесть, Светланин отец.

Профессор Некридов был человеком суровым — жизнь закалила. К тому же потеря молодой, прекрасной, любимой жены в двадцать шесть лет — испытание не из легких. А жену Некридов не просто любил — обожал. И после смерти несчастной Неточки остался с младенцем на руках — из родных почти никого. Как жить, молодой ученый Некридов не понимал. Больше всего ему хотелось уйти вслед за Нетой. Так было бы проще. Уйти тихо и красиво, что называется, без неприятных последствий — все-таки. Некридов был химиком. Но как уйти, если в кроватке попискивает крошечная дочь? Нет, варианты, разумеется, были — и дом малютки, и мечтающая о ребенке бесплодная Неточкина подруга Олимпиада, и родная тетка Елена, живущая в теплой Одессе, — и та и другая малышку бы с радостью забрали и воспитали. А Николай Некридов нашел бы вечный покой подле Неточки. И это было бы счастьем. На полном серьезе, вдумчиво и спокойно он продумывал свой уход. Но однажды, среди ночи, его разбудил тонкий, жалобный плач дочки. На цыпочках он подошел к кроватке и внимательно, как в последний раз, словно прощаясь, стал внимательно на нее смотреть. И увидел. Увидел то, что навсегда запретило думать ему об ужасном — Светлана, Светочка, Светик-солнышко была абсолютной копией обожаемой Неты. И это открытие его потрясло. Выходило, что есть на этой печальной земле у него важное, нет — важнейшее — дело: вырастить дочь. Вырастить маленькую Неточку в память о драгоценной жене.

Некридов погладил дочку по влажным, нежнейшим шелковым волосикам и широко улыбнулся. Жизнь снова обрела смысл, и заканчивать с ней не хотелось.

Спустя пару недель благодаря коллегам он нашел чудесную женщину, милейшую Валентину Афанасьевну, няню и домоправительницу в одном лице. В доме появились горячие обеды, засверкали промытые окна и вкусно запахло мастикой.

Светлана росла ангелом, как ни старался Некридов ее испортить своим неумеренным баловством. Характером в мать — ах, как же похожа! Как страшно и красиво распорядилась судьба: отняв у него Неточку, дала взамен Светика. У дочки были лучшие игрушки, редкие книжки и, по словам Валентины, «все тридцать три удовольствия».

Но дочка была скромницей, ничего не просила и горячо и смущенно благодарила за все.

Валентина Афанасьевна ушла накануне Светланиного шестнадцатилетия, и Некридов ужаснулся первой мысли, мелькнувшей в его голове: «Слава богу, успела поставить Светочку на ноги».

По любимой няне Светочка горевала долго, да так, что у профессора прихватывало сердце при виде ее тонкого, бледного заплаканного лица.

К пятидесяти годам профессор Некридов обрюзг, обзавелся внушительным животом и блестящей, красноватой лысиной.

И прежде не совсем аккуратный, теперь, без Валюшиной опеки, стал совсем неряшлив — ободранные обшлага на рубашках, сальный воротник пиджака.

Ел он торопливо и некрасиво, на пластиковый стол в столовой падали кубики свеклы из винегрета и вермишель из куриного супа.

И даже кафедральные дамы, немолодые и неизбалованные, не рассматривали вдовца Некридова как жениха — нет и нет!

Конечно, относились к нему с большим уважением и даже с пиететом — умница, всего достиг сам. Да и судьба... И девочка эта, Светлана! Чудесная девочка! Но нет.

Заниматься хозяйством Светлане было категорически запрещено — раз в неделю приходила уборщица Клава, сто лет служившая на кафедре в институте. А питались Некридовы тем, что профессор приносил из столовой. Жалостливые поварихи щедро накладывали в литровые банки капустные салаты и винегреты, запихивали котлеты с пюре и наливали супы.

После работы профессор Некридов засовывал полные банки в старый портфель и отправлялся домой, кормить голодную Светочку.

Да, надо было признать — очнулась Светлана после знакомства с Павлом Стрельцовым. Пришла в себя и стала улыбаться.

Ожила. И все-таки... Отдать этому вахлаку свою дочь? Свою тишайшую и нежнейшую Свету? Свою любоньку, свое солнце, свою ненаглядную, ради которой, собственно, была брошена под ноги вся его жизнь? Из-за дочки он не женился и даже не приводил в дом любовницу. Не дай бог, не понравится девочке, нарушит ее покой. Всю жизнь трудился на износ, писал дурацкие, ненужные статьи в журналы, лишь бы заработать лишний рубль и доставить удовольствие дочке. Одевал Свету как куколку, каждое лето возил на курорты. В день поступления в институт любимую дочку ждал подарок — серебристая норковая шубка. Как он достал ее — отдельный разговор! Кажется, ничего ему еще не доставалось с таким трудом, даже защита докторской.

Кстати, в пятьдесят два Некридов стал академиком.

И тут его Светка, Светик, свет всей его жизни, приводит в дом этого простака, деревенского увальня, краснощекого активиста-комсомольца. Передовика производства. Увольте.

Неужели для его дочери не нашлось чего-нибудь получше? Неужели эта, простите, деревенщина войдет в его дом и будет спать там, в ее девичьей комнате, с плюшевым мишкой, уютно примостившимся на спинке кресла? Будет спать с его Светкой? Этот молотобоец со стальными руками станет обнимать его дочь? Нет, невозможно! И академик Некридов страдал. Но, будучи человеком умным, крепко подумал и... согласился.

Дело в том, что его обожаемая дочь, его чудесная умница, любимый и нежный Светлячок, была слаба здоровьем — хрупкая девочка, экзотический цветок. Всю жизнь Светлана болела. Цепляла все подряд, да еще и с осложнениями.

И ухажера пришлось принять. Видел — на этого парня можно положиться. Он не предаст и не продаст. Не бросит, не оставит, потому что любит до умопомрачения и потому что прост, как сапог. Никакие каверзы и интриги ему не знакомы.

Так Павел Стрельцов вошел в дом академика Некридова, в стометровую четырехкомнатную квартиру на Патриарших прудах. С камином, пусть не работающим, но настоящим, с мраморными подоконниками, с мебелью из карельской березы, с подлинниками бесценных картин начала века — академик был заядлым коллекционером.

И надо сказать, брак этот получился удачным. Некридов наблюдал за молодыми и убеждался: он не ошибся. Пашка не сводит влюбленных глаз со Светочки, та расцвела, порозовела и хихикает. Кажется, все действительно хорошо. К тому же через два года дочь родила сына Генку, любимейшего внука академика Некридова.

Но, как говорится, не все коту Масленица. Роды, которых Некридов так страшно боялся, прошли

благополучно. А через тринадцать лет Светланоч-
ка умерла. Все от той же наследственной болезни
сердца, от которой умерла и его драгоценная Не-
точка.

И Пашка, зять и вдовец, отец его внука, ведущий
инженер, член КПСС, еще недавно человек уважае-
мый и абсолютно счастливый, горько запил. Страшно запил, дико, без светлых промежутков, как пил
когда-то его дед, деревенский кузнец Осип Стрельцов, человек необычной силы и страшного, неуправ-
ляемого, звериного нрава. За каких-то два года Павел Стрельцов превратился в законченного пропой-
цу. За внуком пригляда не было — шумные компании,
случайные девки, шмыгающие в голом виде по ночам
в общую ванную. Ад. Поразмыслив, академик разме-
нял квартиру — двухкомнатную себе, двухкомнатную
зятю и внуку. Пусть живут как хотят. Светы больше
нет. И его больше нет. И нет больше жизни, кончи-
лась. Он умер на следующий день после дочери. А то,
что он ест, пьет, спит и ходит в сортир — так это ни
о чем не говорит, вы уж поверьте.

И Павел Стрельцов оказался на собственной жил-
площади в плохоньком районачике Коптево. Тесть от
дома и ему, и Генке отказал — ни сил, ни желания
общаться с кем бы то ни было у него не было, даже
с внуком.

С отцом Генка промучился недолго, еще восемь
месяцев. И похоронил его рядом с мамой — спасибо,
хоть в этом дед не отказал.

Накануне похорон позвонил деду и сказал про
отца. Тот ответил кратко:

— Туда ему и дорога.

Генка деда не простил и больше никогда не видел. И квартиру академика не видел — у него была своя, зачем вторая? И дачу — на черта ему эта дача?

В общем, началась самостоятельная жизнь.

Геннадий Павлович не был ни простачком, ни невежей — все-таки его воспитывали дед-академик и прочие воспитатели: и нежная мама Света, и домашние учителя английского и музыки, и спецшкола с английским уклоном, лучшая в Москве.

Был Геннадий Стрельцов хитрым, умным, вертким, жестким. И образованным. Деньгам цену знал, не сомневайтесь, потому что доставались они ему непросто — деньги он заработал сам. Из грязи, как говорится.

А если бы кто-то спросил, каким человеком был он, этот Стрельцов... А всяким. Разным. И хорошим, и плохим. И подпевал кому надо. И мог уничтожить, стереть в порошок. Мог вытащить из дерьма, протянуть руку. Помочь подняться и, самое главное, закрепиться. Легко мог дать крупную сумму — не в долг, а просто так, навсегда. Но не на ерунду, а на серьезное дело, от которого зависела жизнь человека. Мог рисковать свободой и даже жизнью, но не ради интереса — в альпинисты он никогда бы не пошел, жизнь любил и ценил, — а ради блага семьи, ради Веруши и Вадика. Вот ради них он бы смог все, пошел бы на что угодно. Надо было бы — убил, задушил. Впрочем, никто от него таких жертв и не требовал. Но жестким быть приходилось. Попробуй выживи в этом аду, в этом бизнесе по-российски. Жалел ли он о том, что у них с женой не было детей? Конечно! Кажется, даже плакал.

Но вышло как вышло, на все божья воля. У них есть Вадик, родной сын. Так он искренне считал. Да так оно, собственно, и было. Что дал Вадьке его родной, биологический отец? Красный пластмассовый паровозик за три рубля? Китайские кеды, развалившиеся на следующий день? Авоську растрепанных книг из собственной библиотеки?

А что дал Стрельцов? Да все! Образование — лучшие школы. А еще лучшие тряпки, путешествия, кабаки, машины. Деньги — точнее умение их заработать. И мужика из него сделал, а это главное, это неоценимо. И главное — научил его чувствовать себя человеком, дал уверенность в себе. И — он дал ему любовь.

И сделал счастливым его мать. Правда, немало?

* * *

Стрельцов вздохнул, тяжело выпростался из глубокого кожаного бордового кресла чиппендейл, подошел к зеркалу, поправил тугой узел галстука, глянул на часы и нахмурился.

Еще раз оглядел себя в зеркало, кажется, остался не очень доволен, и громко крикнул:

— Веруша, девочка! Ну сколько можно копаться? Мы же опаздываем!

Вера Андреевна услышала голос мужа и вздрогнула. Бросила короткий взгляд на часы: «А Гена прав! Действительно опаздываем. Какая же я стала копуша. А все возраст, возраст... «Девочка». — Она усмехнулась. — Это для тебя я, Генаша, девочка».

Она еще раз критически оглядела себя, поправила бретельку бюстгальтера и бросила взгляд на платье, лежащее на кровати.

Платье было шикарным. Ее любимого темно-зеленого, изумрудного, который очень шел к ее волосам. Из натурального, конечно же, шелка, с большим декольте-каре — Геннадий Павлович обожал ее шею и грудь и всегда настаивал на большом декольте. И, честно говоря, он прав: ее полноватую, гладкую шею, все еще высокую, пышную грудь и чудесные покатые плечи, роскошную шелковистую белую кожу надо показывать, не стесняться.

Вера надела платье и тут же расстроилась — конечно, узко! Как она умоляла портниху сделать чуть шире! Например, в боковых швах. Но та упрямо не соглашалась: «Верочка Андреевна, потеряется силуэт». Какой, к чертям, силуэт, если тесно? А на улице, между прочим, жара! Разумеется, и в машине, и в ресторане кондиционеры. Но ресторан загородный, природа вокруг чудесная, ландшафт исключительный, и все наверняка высыплют во двор. Вера давно мечтала о «смене концепции» — влезть наконец в балахоны, в размахайки, во что-то свободное и широкое. Не думать о том, что все-таки есть у нее животик, пусть аккуратненький, скромный, но все-таки. И руки, как ни крути, у нее полноваты и, увы, дрябловаты. Это Генаша не видит, а уж она сама себя не обманывает. И бедра. К разряду полных дам ее отнести нельзя, она, что называется, женщина в теле, к тому же в приятном, даже красивом теле. Но все-таки в «облипку» ей как-то уже ни к чему. Неловко и неудобно во всех смыслах.

Вера все-таки натянула платье, поправила его, потянув вниз. Портниха, Люся Зайцева, давно ставшая приятельницей, как это часто бывает, знала ее фигуру наизусть. И вкус ее знала. И знала вкус Геннадия Павловича, перед которым по-женски млела. И кажется, его замечания и пожелания казались более важными, чем замечания и пожелания самой Веры.

Она повертелась у зеркала — нет, конечно же, все прекрасно! Зря она злится на Люську — мастерица та хоть куда! Обшивает капризных артисток и прочую важную публику, включая чиновничьих жен. Да, при всем изобилии в магазинах опять стало модно шить у хорошей закройщицы, чтобы сохранить, так сказать, индивидуальность.

А Геночка все никак не может смириться с тем, что жена давно не девочка. Нет, это, конечно, счастье, что муж смотрит влюбленными молодыми глазами и, кажется, не замечает или не желает замечать ее возраста. Она по-прежнему хороша для него, по-прежнему молода и восхитительна и по-прежнему желанна. Для него не существует других женщин. Счастье? Конечно! Но сама Вера давно ощущала, что молодость, увы, позади, невзирая на неплохое здоровье, прекрасную сохранность разума и тела.

Многое стало тяжело, многое теперь дается с усилиями. И многого не хочется. А вот признаться в этом страшно. А может, неудобно — муж по-прежнему активен, полон сил и энергии, бурлит, фонтанирует и фантазирует, строит далеко идущие планы, мечтает об экзотических путешествиях.

Нет, это все замечательно! Видела она и другие примеры — уходил мужчина на пенсию и тут же, за пару месяцев, превращался в занудного старика, копающегося в своих болячках и не дающего жить окружающим. Не дай бог, конечно. Но ее Генаша не из таких — он борец, трудоголик. Вечно спешащий, боящийся не успеть, пропустить, не нахватать впечатлений.

Ему всего и всегда было мало, особенно впечатлений и ощущений, и бешеный жизненный ритм Геннадия Павловича, его жажда Веру, мягко говоря, утомляли и слегка раздражали, но виду она не подавала, марку держала. Недомогания от мужа скрывала. Во-первых, все по той же причине, что он считал ее молодой, а во-вторых, в такие минуты Геннадий Павлович абсолютно терялся. Твердый, жесткий, сильный и рассудительный, Стрельцов впадал в дикую панику, и начинались бесконечные звонки врачам, консультации, стенания, «собачьи» глаза с застывшей слезой и совсем уж бабские причитания: «Верушенька, как же так? Что у тебя болит, моя девочка? Нет, ты объясни обстоятельно — что ты чувствуешь?»

В такие минуты Вере хотелось одного — остаться одной, укрыться от посторонних глаз, свернуться в кокон, плотно закрыть дверь и чтобы не трогали.

Конечно, муж это знал. Но знания эти его отчаяние и страх не отменяли, как не отменяли и осторожных заглядываний в комнату каждые полчаса и жалобного скуления:

— Как ты, родная?

Злило, раздражало, но понимала: ничего он не может поделать. В любых ситуациях ее Гена кремень, но только не сейчас, когда дело касается ее. Приходилось терпеть, скрывать раздражение — куда денешься.

Вера Андреевна поправила густые, волнистые темно-русые волосы. Слава богу, что хоть остриглась, уговорила! А сколько лет уговаривала? Муж не соглашался:

— Такие волосы, как у тебя, и остричь? Да это преступление, Вера!

— А это — наказание! — скулила Вера. — Как ты не понимаешь, что мне тяжело все — вымыть, высушить, уложить? Да и надоела мне эта «бабетта» до дрожи! Ну кто сейчас носит пучки и башни? Как я мечтаю о стрижке! Я же не говорю про выбритые виски или ершик! Просто длинное, по плечи, каре. Вот увидишь, как мне пойдет! И волосы, кстати, которыми ты так гордишься, будут смотреться куда шикарнее, чем в пучке!

Уговорила. Постриглась. Конечно, помолодела, скинув лет пять уж точно.

А сколько лет мучилась с длинными? Вспоминать неохота.

— Вера! — раздался крик мужа, и она вздрогнула. — Прости, но это вообще запредельно! Родители опаздывают на свадьбу собственного сына. Ну сколько можно, в конце концов?

Все правильно, копушей она стала знатной. Вот где особенно вылезал возраст... Подло так появлялся из щелей, как таракан.

Укладка ей не требовалась: вымыть, расчесать — все! Спасибо родителям и природе.

Глаза и губы были накрашены. Вера Андреевна брызнулась любимыми духами, чуть растерла их ребром ладони, вдела в уши серьги с изумрудами, конечно же, подаренные мужем. К ним же кольцо с камнем в три карата. Не без усилия застегнула на полноватом запястье браслет — те же изумруды, чередующиеся с бриллиантами. И последнее — широкая, плоская цепочка-колье с крупным каплевидным камнем посередине.

— Иду! — крикнула она мужу, влезая в узкие черные лодочки.

О господи. Сейчас бы кроссовки или на крайний случай балетки. Но как же, нельзя. И про ее варикоз никто не должен знать, уж тем более муж.

Выйдя в коридор, Вера Андреевна нахмурилась.

— Гена! Ты где?

Раздраженный голос мужа прозвучал с первого этажа:

— Здесь, Вера, здесь!

Геннадий Павлович, в нескрываемом раздражении, стоял у входной двери. Но, увидев Веру Андреевну, медленно спускающуюся по лестнице, остолбенел.

Он смотрел на нее во все глаза, и казалось, что видел впервые.

— Веруша, — наконец произнес он тихим и хриплым от волнения голосом, — ну что же ты, дорогая!

Вера Андреевна усмехнулась:

— Да иду Гена, иду! Ну да, закопалась. Женщина ведь, а не солдат срочной службы.

И Геннадий Павлович молча кивнул.

Садясь в машину, Вера Андреевна попыталась скрыть довольную усмешку. А все-таки огромное счастье и везение — производить такое впечатление на собственного мужа!

Геннадий Павлович сел рядом с ней, проигнорировав свое законное пассажирское место рядом с водителем. Ему всегда хотелось быть ближе к жене — тактильные ощущения самые острые.

Он взял ее за руку, и она уловила его волнение и трепет. Снова про себя усмехнулась: «Вот так. Вот вам и почти тридцать лет семейной жизни. А вы говорите — усталость, раздражение и взаимные претензии. Зависимость? Да, безусловно. Но еще и любовь. Любовь, не сомневайтесь».

Сама Вера Андреевна Стрельцова в этом не сомневалась. Ни на минуту.

Счастье, конечно.

Дорога была забита — суббота. До места назначения навигатор показывал полтора часа езды. Опаздывали. Геннадий Павлович позвонил сыну:

— Вадик, прости, брат. На полчаса точно задержимся. Да, не правы. Но дела, сын, извини! Надо было срочно посмотреть немецкий контракт. Это ж фрицы, не китайцы, ждать не любят, сам знаешь! Не нервничай, сын! Все сделаем в лучшем виде. Да и наверняка гости припоздают — никому пробки не избежать. Все, все, не нервничай! Большой привет Лидочке!

«Лидочке», — хмыкнула Вера, но комментировать не стала, не время для комментариев. И с благодарностью посмотрела на мужа: всю вину, как всегда, взял на себя. Мужик. И вправду, нечего нервничать, уже ничего не исправить. Будет как будет. И точно опоздавших будет немало. Субботняя Москва едет за город.

Вера немного успокоилась, поудобнее уселась на сиденье и глянула на мужа — Геннадий Павлович открыл ноутбук и погрузился в работу. Она облегченно выдохнула и отвернулась к окну.

* * *

Вера Боженко родилась в Подмосковье, в Малаховке, в собственном доме, в большой и дружной семье. И детство ее было очень счастливым. Дом, а точнее старая дача, принадлежал ее деду. Не кровному — про кровного бабушка говорить не любила, и повзрослевшая Вера узнала, что кровный дед пил, гулял, а потом и вовсе оставил жену с младенцем. Но баба Лара часто говорила, что это и есть ее большое счастье — не ушел бы, не освободилась бы она от него, так и мучилась бы всю оставшуюся жизнь.

Лара уже ни на что не надеялась — какое! Война, сплошное горькое вдовство, нищета, голод, болезни. Она была тощая, страшная, почерневшая от бед и забот. Да еще и с довеском, с дочкой. Думала об одном — выстоять, прокормиться, поднять на ноги Инночку. Но жизнь распорядилась иначе.

В сорок четвертом Лара с дочкой вернулись из эвакуации, из казахского совхоза «Чигелек» Жарминского района, истощенные, измученные, вымотанные долгой дорогой. У тридцатилетней Лары почти не осталось зубов. «Да и черт с ними, — думала она, — все равно жевать нечего». Не о зубах надо было думать и не о нарядах. А о том, как выживать.

По совету знакомой Лара ездила по Подмосковью, перед глазами мелькали станции: Удельная, Томилино, Малаховка, Ильинская, Кратово, Перловка, Валентиновка. Она искала работу с жильем, понимая, что в городе, на предприятии, долго не выдержит. Стучала во все калитки, мечтала наняться прислугой или нянечкой для ребенка. Да и дочке ее, с тяжелым рахитом, с угрозой туберкулеза, которого после войны было полно, требовались свежий воздух и нормальное питание. Спала в поезде, между станциями, вечерами падала с ног.

Однажды — а этот день она запомнила навсегда — Лара присела на лавочку на платформе в ожидании поезда. Присела — и, конечно, уснула. Проснулась оттого, что кто-то треплет ее по плечу.

Рядом сидела немолодая, красивая, полная женщина в ярком цветастом шелковом платье, с густо накрашенными губами.

— Выспались? — спросила она. — Три поезда пропустили. А будить я вас не решилась. Вижу, смертельно устали.

Лара молча кивнула и посмотрела на станционные часы — ого, половина восьмого. За дочку не волновалась, Инночка была под присмотром.

— Спасибо, что разбудили, — поблагодарила Лара. — А когда будет следующий?

Незнакомка пожала плечом и закурила папиросу.

— Не знаю. Я брата встречаю.

Не ее пышной и яркой красоте удивилась Лара. Не шелковому роскошному платью, не босоножкам на ремешках и каблучке — глянув на них, Лара горько вздохнула. Сама она ходила в опорках — тряпичных тапках на картонной подошве — и больше всего боялась дождей, зная, что все это расклеится и точно развалится. Больше всего она удивилась зубам случайной знакомой. Зубы у той были роскошными, ровными, белоснежными. Но главное — они были!

— Раиса, — представилась женщина.

Словом, разговорились. Лара рассказывала ей про себя, Раиса молча раскуривала одну за другой папиросы.

— Всем досталось, — в конце концов нарушила молчание она. — Я вот мужа потеряла и сына. Хорошо, брат остался! Живым вернулся. Хоть инвалидом, без ноги, а живым. Вот и коротаем мы с ним вдвоем. Женить все его хочу, а никак! Жена его с дочкой пропали на Украине, в начале июня сорок первого. Давка сам их отвез к родне, подкормиться: фрукты, парное молоко, речка под боком. А чем кончилось, сами понимаете. Никого не осталось, всех в яму.

Лара кивнула:

— Проклятая война.

— Да, всем досталось, — задумчиво проговорила Раиса. — Но мы, слава богу, живые! И значит, будем жить. Верно?

А поезда все не было. Наступил поздний вечер, стало зябко.

— А знаете что, — вдруг сказала Раиса, — пойдемте ко мне, к нам! Здесь недалеко, пять минут. Поужинаем, переночуете и поедете в свою Москву. Дочка же у вас на пятидневке ведь, верно?

Лара нерешительно посмотрела на нее.

— А завтра, — продолжила Раиса, — я, кажется, знаю, куда вас устроить. В детский санаторий нянечкой. И дочку свою заберете, и будете сыты, и крыша над головой! Главврач там моя подруга старинная, с детства. Наши семьи дружили. Все, решено!

Небольшой и уютный дом показался Ларе дворцом — закрытая веранда, на которой они ужинали чаем и хлебом с сыром, внизу три спаленки, кухня, второй этаж. И главное — участок! Ах, как дышалось среди сосен и елей! Как веяло свежестью!

Допив чай, Раиса скомандовала:

— А теперь спать! Братца моего мы точно уже не дождемся, это понятно. Опять застрял у какой-нибудь бабы! Нет, Давка не ходок, совсем нет. Просто так утешается.

Как спалось в маленькой спаленке с открытым окном! Какие запахи приносил ветерок, колышущий легкие занавески!

Лара давно так не спала. И впервые проснулась счастливая. Отчего — сама не понимала. Ведь столько проблем, а решения все нет.

Быстро встала, оделась, умылась. Осторожно, чтобы не разбудить хозяйку, на цыпочках, вышла из комнаты и пошла на веранду. Открыла дверь и замерла.

За большим овальным столом сидел грузный, седоватый и интересный мужчина, похожий на Раису как две капли воды.

«Гулящий брат», — догадалась Лара и от смущения встала как вкопанная.

Мужчина рассматривал ее внимательно, с интересом.

Сбиваясь от смущения, она неловко пыталась объяснить ему свое пребывание в их доме.

Он перебил ее сбивчивое объяснение:

— Да понял я, понял. Какая разница, как вы попали сюда? Идите за стол завтракать.

И Лара, окончательно смутившись, осторожно присела на краешек стула.

«Что он нашел тогда во мне? — миллионы раз думала она позже. — В тощей, зачуханной, почти беззубой оборванке? Что смог разглядеть? Непонятно. Наверняка у него, такого красавца, были небедные и красивые любовницы».

Через полтора месяца — всего-то! — Лара вместе с дочкой переехали в Малаховку. Навсегда. К мужу и, как оказалось, отцу ее дочери, пусть и не кровному, но настоящему.

В то же лето Лара стала обладательницей красивых зубов — не хуже, чем у золовки Раисы. И прожила со своим Давкой счастливую жизнь. До поры.

* * *

Дава, Давид Григорьевич Сорин, был стоматологом, точнее дантистом, как называла его жена, Верина бабушка Лара. У него имелся свой кабинет.

Дача была двухэтажной, бревенчатой, теплой и светлой. Три комнаты внизу — спальня деда и бабушки, столовая и дедов кабинет. Сбоку, при входе, кухня. Там же и ванная комната с ванной и туалетом и маленькая кладовочка для припасов. Дед обожал припасы и схроны, советской власти он не верил и всегда ждал от нее подвоха.

На втором этаже — три комнаты, точнее комнатки: спальня Вериных родителей, мамы Инули и папы Андрюши, ее детская и комната прислуги.

Тетку Раису, вернее двоюродную бабушку, Вера не помнила — та умерла еще до ее рождения, утонула в неглубоком, заросшем малаховском пруду, где тонули только пьяные подростки. Бабушка утверждала, что Рая покончила с собой. А дед не верил, утверждал, что это случайность. Так или иначе, правды никто не знал, но Раисин портрет всегда висел на стене в столовой, бабушка его никогда не снимала и каждое утро здоровалась с ним, протирая его влажной тряпочкой. И на кладбище к Раечке ходила в любую погоду. Всегда говорила:

— Если бы не Раечка, где бы мы сейчас были?

Всю жизнь, сколько Вера себя помнила, в доме была прислуга — домработница. Няня полагалась отдельно — для внученьки. Но с няньками не сложилось, и бабушка Лара занималась воспитанием внучки сама. Домработницу звали Зойкой, была она простой деревенской девкой, подобранной бабушкой у вокзала. Именно в тот день голодная, неустроенная Зойка решилась на последний отчаянный шаг — стать проституткой.

Сердобольная бабушка, видя зареванную, опухшую от слез деревенскую девку, купила ей три пирожка и стакан газировки. Расспросила о ее жизни, узнала, что та сирота, и забрала с собой. Так она Зойку спасла. Всю жизнь до своего замужества Зойка служила ей верой и правдой. Признавала она только бабушку

Лару. Деда побаивалась и слегка презирала — к евреям и зубным врачам относилась с большой осторожностью. Но хотя и бабушку боготворила, нервы ей потрепала: пару раз выходила замуж — то за местного участкового, то за торговца со знаменитого малаховского рынка. Бабушка женихам не верила, раскалывала всех на раз, но Зойка орала, что она не рабыня и «имеет право на щасте». Уходила от бабушки, но всякий раз скоро возвращалась: милиционер лупил ее как сидорову козу, а грузин торговец действительно сделал из нее рабыню.

Возвращалась Зойка побитой собакой. С порога начинала знакомую нудьгу:

— Выгонете — уйду, не обижуся, все понимаю. Не выгонете — отслужу верой и правдой! Вы ж меня знаете, Лара Ивановна!

— Иди уж, — вздыхала бабушка. — Клубника заросла. И щавеля нарви к обеду. И стирку замочи. — И, не выдержав, добавляла: — Невеста без места.

Зойка радостно кивала и бросалась исполнять задания хозяйки. Еще неделю ревела бабушке в плечо, делясь обидами. Бабушка слушала, утешала и говорила, что Зойка женщина, а всякая женщина хочет счастья и ищет любви. Зойка божилась, что «больше никогда и нипочем, ни за какие коврижки!». В доме наступал мир. Бабушка облегченно вздыхала — тащить на себе и дом, и участок, и огород было сложно.

Летом было одно сплошное счастье — каникулы! На большом участке, заросшем светлыми соснами, имелись и поляна для бадминтона, и теннисный стол, и даже Верин домик — да, да, настоящий домик, построенный из оставшихся досок. Строил его дедов пациент, рукастый парень Семен. У домика была настоящая шиферная крыша. В низеньком домике была одна комната, она же кухня. В нем жили Верины куклы — Марфуша и Дашка. Стояли две кукольные кроватки, шкаф, стол и комод.

На игрушечной кухне Вера варила обед. В ход шли желуди, шишки, трава и цветы. Из ярко-рыжих цветов настурции Вера варила борщ, выклянчивая у Зойки капелюшечку сметанки — ведь так положено! Зойка ругалась, но сметану давала. Были у Веры и игрушечная немецкая посуда, и плита с конфорками, и рукомойник. Настоящее хозяйство.

На огороде росли клубника и садовая земляника, крупная и сладкая. У забора живой изгородью плотно стояли кусты с крыжовником и смородиной, за кукольным домиком — четыре огромные старые яблони и огромная, как шатер, раскидистая кривая слива.

Верину комнату Зойка называла светелкой. Она и вправду была как светелка: кружевные занавески, которые бабушка Лара связала крючком, коврик у кровати и голубой, в кружевах, абажур. Еще рукодельница бабушка вышила постельное белье, исключительно Верушкино. На Вериных наволочках жили божьи коровки, разноцветные стрекозки и бабочки. Вера знала их наизусть и давала им имена. Перед сном, поглаживая цветные вышитые выпуклости, разговаривала с ними, как с подружками.

Верины родители развелись, но от девочки это скрывали. Утаить это было не сложно — невзирая на развод, родители жили вместе в Москве, в комнате папы Андрея, и работали в одном институте. Вместе приезжали в Малаховку по выходным навестить дочку, привозили подарки и всякие вкусности. Только потом Вера поняла, что ее отцу в доме рады не были. На бабушкином лице застывала маска пренебрежения, а дедушка просто старался не выходить из кабинета. Однажды среди ночи, встав по малым делам, маленькая Верочка услышала, что мама плачет. Бабушка горячо успокаивала ее:

— Избавиться от *этого* — счастье! Считай, что тебе повезло!

Но мама заходилась в плаче еще сильнее.

Утром все мирно завтракали, подолгу пили чай с булочками с корицей, потом все шли на озеро, папа купался с Верочкой, учил ее плавать, а мама загорала на берегу, наклеив на изящно вздернутый носик листок подорожника.

После пляжа обедали на террасе за красиво накрытым столом — холодный суп, отбивные, кисель в запотевшем кувшине. Папа нахваливал тещину стряпню, но бабушка, поджав губы, сухо отвечала:

— Спасибо, это все Зоя, не я.

Приличия соблюдались.

В восемь лет Вера узнала, что родители четыре года в разводе. Виноват был папа, это он ушел к маминой подруге, тете Нине, которую Верочка обожала.

Тетя Нина была огненно-рыжей, синеглазой, высокой, белокожей, с россыпью густых ярких веснушек на лице и плечах. Тяжелые Нинины волосы золотистой рекой бежали по спине, сверкали и переливались. Чудо как хороша была тетя Нина! Просто золотая принцесса. Казалось, что вся она искрится ярким солнечным светом. Золотая Нина — так ее называли.

— С тобой, Нинок, и люстры не надо, — шутил дед, когда мамина любимая подружка приезжала в Малаховку.

И еще тетя Нина была огневой, веселой, заводной и смешливой, без конца хохотала, рассказывая забавные истории. С ней было легко, весело и интересно. И была она лучшей маминой подругой еще со школы, семь лет за одной партой.

И вдруг тетя Нина исчезла. На Верин вопрос, куда, взрослые сухо отвечали: «Уехала в другой город».

— Вышла замуж? — уточнила девочка.

— Да я откуда знаю? — разозлилась бабушка. — Что мне до этой твоей Нинки, прости господи! Своих дел хватает.

— А раньше ты ее любила, — обиделась за Золотую Нину Верочка.

— Любила, разлюбила... Да и вообще отстань, Вера! Видишь, тесто отказывается подходить, а ты мне голову морочишь!

— Странно, — повторила Верочка. — Она ведь такая красивая, а мужа нет. Если она вышла замуж, это здорово, правда?

Бабушка вздрогнула, громко шлепнула об стол комом теста и вышла из кухни.

Как оказалось, шуры-муры — бабушкины слова — лучшая подруга и неверный муж завели сто лет назад, когда мама еще была беременна Верочкой.

Когда Вера узнала правду, отплакав три дня, поставила жесткое условие: папу видеть она не желает. Точка. И на все мамины уговоры: «Это твой родной отец, и ты тут вообще ни при чем», — упрямо мотала головой: «Нет — и все. Пусть рожают с *этой* и нянчатся *там!*»

Маму было жалко до слез, у Веры сердце болело при виде ее. Тоненькая, похудевшая и бледная мама, тростиночка, девочка. И пережить такое предательство! «Этой гадине» Верочка желала одного — смерти. Да, да, именно смерти, и никак не меньше! «Пусть сдохнет и горит в аду» — этим словам Веру научила подружка Тамарка, местная, малаховская жительница, дочка известной на всю Малаховку торговки квасом тети Зины.

Сидела Зинаеда, как называли ее местные алкаши, на специально сколоченном ящике у желтой бочки, в белом халате и в валенках — Зинаеда страдала ногами, были они синими, распухшими, страшными. Сидела и покрикивала на покупателей.

Летом, в жару, хвост из страждущих был бесконечен — бидоны, кастрюли, бутылки. Очередь волновалась, что кваса не хватит. Работа была сезонная, летняя. А зимой и осенью Зинаеда отдыхала, сидела дома и вязала шапочки на продажу. Шапочки продавала рыночная нищенка Зоська, тощая и насквозь пропитая. Верочка Зоську боялась.

Вообще-то на базар Верочке бегать не позволялось, место неспокойное, «уголовное», по словам бабушки. Одна она и не бегала — было и вправду страшновато, — а вот с Тамаркой запросто! Во-первых, Тамарка была самой смелой и ничего не боялась, а во-вторых, на рынке Тамарка, конечно, была своей.

Ее все знали и все угощали — и мороженым, и семечками, и пирожками, и подкисшими фруктами. Не жизнь — красота! Только вот обедать после этого не хотелось. Но Вера ела, давилась, но ела — а то бабушка все просечет. Тамарка просвещала наивную Веру — уж она-то знала все! И про материных любовников, и про всех рыночных — кто с кем спит и как зарабатывает.

Все это было безумно интересно, гораздо интереснее, чем жизнь в дедушкином доме. Какие там разговоры? Что приготовить Зойке на обед, бабушкино ворчание по поводу Зойкиной «вечной халтуры»: погладила плохо, пыль под кроватями оставила, борщ перекипел. Ну и про дедушкиных пациентов: «Атанасян капризничает, все ему не так, треплет нервы. Цурило жмот и торгуется за каждую копейку. Афанасьева рыдает и орет, что ей больно, определенно психическая».

Веру заставляли читать, писать в прописи, заниматься арифметикой и музыкой. Занудные гаммы и этюды Черни и Гедике Верочка ненавидела. А за калиткой была жизнь — Тонька-семечница набила морду конкурентке Пашке, Ашот обрюхатил глухонемую уборщицу Шурку, Гиви Леванович похоронил жену и ищет невесту.

На базаре было вкусно, шумно, интересно и увлекательно — там пахло жизнью.

Тамарка с Зинаедой жили в общаге в крохотной комнатке с диваном и раскладушкой, где с трудом помещались еще колченогий стол и два стула.

По большому секрету Томка рассказала подруге: «Деньги у нас есть, просто мамка копит. На дом копит, на собственный. Вот как накопим — купим большой, с удобствами, в три комнаты. Или четыре, не хуже вашего. Тогда пусть мамка и замуж выходит».

Вера слушала и кивала.

В день Вериного одиннадцатилетия мама приехала с новым мужем. Так и сказала:

— Знакомься, Верочка. Это мой муж, Владислав Петрович.

Владислав Петрович был высоким, худым и очень похожим на лыжную палку. Короткий ежик серых волос, серые глаза, серое лицо, на котором все как будто слилось. И еще у него были потные ладони, которые он вытирал о штанину.

Бабушка радостно приняла нового зятя: сразу видно — приличный человек. Дедушка вздыхал и, кажется, сомневался:

— Гол как сокол. Комната в коммуналке, алименты на двоих детей. Скромный инженер, что с него взять?

— А вот мы и поможем! — резко отозвалась бабушка и осеклась, заметив Веру в комнате.

Дед устало махнул рукой и вяло пробурчал:

— А кто, интересно, отказывается?

Вере не нравился отчим: вечно молчит, уткнувшись в газету. На речку не ходит, подмосковные водоемы, ему, видите ли, замусорены и отравлены. Садом не увлекается — гастрит, фрукты противопоказаны. Лес не любит — комары. С дедом политических бесед не ведет, а бабушку как будто не замечает, как, впрочем, и Веру. Да и с мамой они разговаривают мало — так, перебрасываются бытовыми фразами.

В воскресенье, сразу после обеда Владислав Петрович начинал дергать жену:

— Инна! Ну когда мы поедем? Мне уже надоело, хочется цивилизации!

При слове «цивилизация» бабушка презрительно хмыкала.

А мама нервничала, что-то шептала ему, уговаривала остаться до вечера, говорила, что скучает по дочке, на плоском, как у камбалы, лице отчима застывала крайне недовольная гримаса.

— Конечно! — шипела на кухне бабушка. — Он же уже пообедал! Теперь можно домой!

Мама со вздохом переодевалась, подкрашивала ресницы и губы, втихаря плакала. Бабушка бросалась ее утешать:

— Главное — не пьет и не гуляет. Порядочный мужчина.

— Лучше бы пил и гулял, — тут же вставлял дед. — Повеситься с таким хорошо, а как жить — не знаю.

Мама обижалась, бабушка цыкала на деда, а Зоя уводила Веру из комнаты.

— Правильно Давид Григорич говорит, — нашептывала Вере Зоя. — Лучше уж никакого, чем этот. — Она кивала в окно, где под яблоней в плетеном кресле читал газету новый мамин муж.

Вере было жалко маму и жалко себя, потому что она вынашивала план в восьмом классе переехать в Москву к маме, в их комнату на Сокол, и школу оканчивать там. Но теперь планы срывались — жить рядом с отчимом? Нет, никогда. И к сердцу подкатывалась ярая злость, даже гнев — неукротимый, клокочущий. Чтоб ты сдохла, рыжая стерва, чертова Нинка! Все это из-за тебя!

А через пять лет после маминого замужества случилось ужасное — погибли все трое. Мама Инна, папа Андрей и мамин муж Владик. Ехали вместе в Малаховку на шестнадцатилетие Веры, на ее первый, как сказал дед, юбилей. И в маленький папин «москвичонок» влетел огромный «КамАЗ». Водитель «КамАЗа» был пьян, но выжил. А те, кто ехал в «москвичонке», — увы...

Осталась только Золотая Нина, и на похоронах родителей Вера увидела ее после долгого перерыва. Узнать ее было сложно — ничего золотого в Нине не было: и веснушки, и некогда роскошные волосы стали тусклого серого цвета. Возле Нины крутилась девочка лет пяти. Вера поняла, ее единокровная сестричка Сонечка, похожая на их общего отца. Но ни к Нине, ни к девочке Вера не подошла.

Странное дело — смерти приемной дочери первым не выдержал дед.

Войну прошел от Курска до Праги, имел три серьезных ранения и несколько орденов и медалей. Ничего не боялся, даже, как грустно шутил, ОБХСС и КГБ. А потеряв приемную дочь, через два года ушел — два инфаркта подряд. После похорон дочери дед слег и отказывался вставать. Бабушка держалась, а Дава сломался.

И Вера с бабушкой остались одни.

В тот жуткий год, когда ушел дед, случилась еще одна беда — их обокрали. Обокрали среди бела дня, когда Вера с бабушкой отправились на станцию за молоком. Влезли в дедов кабинет и нашли деньги, спрятанные наивной бабушкой под половицей.

К счастью, больше ничего не взяли, видимо, торопились. Да и денег было прилично, что рисковать.

— Сироты мы с тобой, — плакала бабушка. — Все нас оставили, все! — Она поднимала лицо к потолку и принималась грозить кулаком: — Сволочь ты, Дава! Какая ты сволочь! Как же ты мог, старый дурак? На кого ты меня оставил? Меня и Верушку?

И в эти минуты Вере было особенно страшно.

Но жизнь продолжалась, и надо было жить. «Куда денешься, — говорила Зойка, — хочу, не хочу, а бог нас не спрашивает».

Кстати, Зойка таки вышла замуж! Толстая, рыхлая, рябая, сорокалетняя Зойка — и на нее нашелся купец. Сосватала Зойку дальняя родня, и она укатила в деревню.

А бабушка стала продавать вещи, чтобы выжить.

— Я стала торговкой. Спекулянткой, — сетовала она. — А мать моя, между прочим, дворянка!

Сначала проели украшения, потом дедово зубное золото. Следом ушли бабушкина каракулевая шуба, норковая шапка, отрезы на платья и пальто.

Самое хорошее и ценное носили на рынок в комиссионку, там теперь заправляла товароведом и продавцом восемнадцатилетняя Томка, лучшая Верушина подружка. Цены ставила высокие, в память о старой дружбе.

Иногда, крепко затянувшись сигареткой, Тамарка повторяла, видимо, выражая сочувствие:

— Видишь, Верка, как жизнь поворачивается: то ты у нас была богачкой, всего у тебя было по горло. А теперь я.

Это была чистая правда — на накопленные деньги Зинаеда и Тамара купили хороший дом с удобствами, и в комиссионке молодая, но ушлая Томка зашибала хорошую деньгу. К тому же у нее уже имелся любовник, сын Гиви Левановича, торговца гвоздиками. Гиви Леванович постарел и дело свое передал старшему сыну, Арчилу. У Тамарки с Арчилом случилась любовь. Но женится тот не торопился, брать русскую не хотел, ждал обещанную из Кутаиси грузинку.

— А мне наплевать! — бодро говорила Тамарка, сплевывая шелуху от семечек и со свистом затягиваясь сигаретой. — Больно мне надо за ненормального этого идти, ага. Знаешь, какие они, эти грузины?

Вера не знала..

— Да бешеные! — повторяла Тамарка. — Чуть что — в крик! А уж в койке... — Тамарка закатывала глаза. — Ни дня не пропускает, прикинь?

Вера краснела. В этой теме она была полным профаном. Новых тряпок Вере хотелось. Смотрела на Тамарку и, если честно, завидовала: лаковые туфельки вишневого цвета, кримпленовые пиджаки, шелковые юбки. А какая косметика! Французская пудра и духи, итальянские тени и помада в красной коробке со смешным названием «Пуппа». У Веры были только ленинградская тушь-плевалка в коробочке, польская помада и прибалтийские духи «Дзинтарс». А еще старые, сто раз подбитые туфельки да пара старых платьишек. Не о чем говорить.

Бабушка утешала:

— Ты такая красавица, что тебе и в рубище будет хорошо, и в мешковине! Ничто тебя, Верочка, не испортит!

Все так, но мешковины Вере совсем не хотелось. Проели все быстро. На вырученные от продаж деньги бабушка устраивала загулы — ездила в Москву и покупала в сороковом гастрономе, где работала далекая дедова родственница, деликатесы: черную, отливающую перламутром икру на развес, ломти осетрины, истекающей ярко-желтым жиром, банки камчатских крабов, самые дорогие шоколадные конфеты, ананасы, грустно увядающие в пирамидах на мраморных прилавках центральных гастрономов.

— А что? — оправдывалась бабушка, глядя на удивленную Веру. — И у нас должен быть праздник. Устроим пир — и, может, отпустит?

Но в голосе ее звучало сомнение.

Казалось, что оставленного дедом хватит надолго. Но, увы, деньги утекали, как песок сквозь пальцы.

Вера ругалась с бабушкой, пыталась ее урезонить, но ту словно несло. Только во время их пышных пиров бабушка оживлялась и приходила в себя. «Лара привыкла к хорошей жизни, и ей очень сложно. Пусть хоть так, иногда», — решила Вера и тему закрыла.

* * *

После школы она легко поступила в МАИ, конкурс там был небольшой, а математику и черчение Вера знала прекрасно. Мечтала она, конечно, о журфаке или — страшно говорить — о театральном. Но понимала, что не пройдет — где она и где те, кто туда поступает.

К первому лету Вериного студенчества Тамарка расщедрилась и сбросила Вере с барского плеча голубое венгерское платье в желтый горох, чешские белые босоножки на каблучке и отдала — неслыханная щедрость! — почти полфлакона французских духов «Турбуленс».

— Не жалко? — удивилась Вера. — Такая ведь красота!

Тамарка презрительно хмыкнула:

— Да надоели!

Теперь и Вера чувствовала себя королевой. Да так оно, собственно, и было: Вера Боженко была сказочно, волшебно хороша. Что называется, глаз не оторвать. Конечно же, сразу завелись студенческие компании, многоликие по составу, разноцветные, пестрые: студенты-медики, циничные и остроумные, не брезгующие крепким словцом; мгимошники, важные, напыщенные, в фирменных джинсах, потягивающие «Мальборо» и попивающие джин из валютной «Березки»; скромные студенты пединститута, хорошие ребята, походники и любители авторской песни. Довелось попасть в компанию вгиковцев. Вот там Вера растерялась! Ребята были не просто увлечены — они были одержимы своей профессией. Никаких разговоров о пустяках, только театр и кино. Как позавидовала им тогда Вера! Вот бы учиться там, вместе с ними! Но не судьба... Была и скучная компания физиков, угрюмые бородатые ребята говорили о незнакомом и неизвестном. Вера ничего не понимала и, конечно, скучала.

Компании разнились, а вот закуска и спиртное почти нет. Колбаса толстыми кусками, сыр, хлеб, холодные котлеты из кулинарии, винегрет. Пельмени и, если повезет, сосиски в большущей кастрюле, из которой они вылавливались руками. Ну и вино, белое, красное. «Псоу», «Алазанская долина», «Рислинг», «Арбатское». Кислючее «Медвежья кровь» — из него варили глинтвейн. Иногда водка, совсем редко коньяк — на него не было денег. В общем, и закуска, и спиртное их волновали мало. Они общались, трепались, расслаблялись. И конечно, влюблялись!

Именно там, в этих шумных, беспрестанно говорливых, крикливых студенческих компаниях, на чьих-то флэтах, чьих-то дачах начинались истории любви. Красивые и не очень. Счастливые и несчастные.

У Веры началась красивая. И, как ей казалось, очень счастливая. Из тех, что навсегда. Впрочем, так кажется всем юным девам.

Первая любовь — это всегда чистые помыслы и бесконечная, как океан, надежда.

С Робертом она познакомилась в компании физиков, где он совершенно не выделялся на фоне остальных — худой, сутуловатый, молчаливый парень с такой же, как у всех, бородой.

«Наверняка из таких же умников», — с тоской подумала Вера. Поддержать разговор было сложно, даже практически невозможно — Вера и физика вещи, увы, несовместимые.

Роберт много курил, осторожно потягивал белое вино, ничего не хватал со стола и бросал короткие, но красноречивые взгляды на Веру. Но не знакомился, нет, не подходил. Уставшая и разочарованная, Вера засобиралась домой. В темной прихожей задержалась у старого, плешивого зеркала, чтобы поправить прическу. Роберт возник внезапно и тихо, и, увидев его отражение в зеркале, за своей спиной, Вера вздрогнула.

— Вы позволите вас проводить? — галантно, но, кажется, с долей сарказма осведомился он.

Вера растерялась:

— Я живу далеко, за городом. Не думаю, что вам это будет удобно.

Он улыбнулся:

— А вот тут вы ошибаетесь. Даже если бы вы жили... — он запнулся, — ну, допустим, в Туле или в Воронеже, я бы все равно предложил вас проводить.

— Нет, слава богу, — рассмеялась Вера, — я живу гораздо ближе, в Малаховке!

— Ну тогда мне повезло! — улыбнулся Роберт. — Малаховка — это уж точно не альфа Центавра!

В электричке она все о нем узнала — оказалось, что он не физик, а инженер-гидролог, вернее, будущий инженер, в компанию к студентам МИФИ попал случайно — привел приятель. Тоже скучал, физика не входила в круг его интересов. Роберт рассказал, что любит литературу, и любит страстно. Лучшее времяпрепровождение — библиотека или диван с книжкой.

Любит осенний лес, его влажный и прелый, горьковатый запах. Любит рассвет, может смотреть на него каждый день. Любит театр, особенно «Таганку» и «Современник». Итальянское интеллектуальное кино, умные французские комедии. Любит и знает творчество бардов — Галича, Визбора, Окуджавы. Играет и сам — ну не то чтобы серьезно играет, конечно, но себе аккомпанирует, да. Мечтает о зимних горах — например о Чегете. Но пока это только мечта. Так же, как и Карелия.

Вера слушала его открыв рот — кажется, они во всем совпадали. И все интересы у них, кажется, общие.

— Ты любишь поэзию? — спросил он.

Вера не нашлась что ответить.

Да он, кажется, ответа не ждал — заговорил горячо, увлеченно:

— Слышала стихи Владимира Полетаева? Нет? Как же много ты потеряла! — искренне расстроился он.

Вера смутилась и покраснела.

— Ничего, — утешил ее Роберт. — Завтра я принесу тебе перепечатку, это что-то, поверь! Все про нас, грешных.

Завтра. Он сказал «завтра». У Веры гулко стучало сердце. Значит, мы встретимся завтра! Значит... Значит — ура! Потому что он очень, очень ей понравился, этот парень с редким именем Роберт. И она очень хотела его завтра увидеть.

Прощались у калитки. Бабушка несколько раз кричала Вере в окно, звала в дом.

Наконец распрощались. Договорились на завтра — в пять часов на «Смоленской» у метро. В Пушкинском выставка «Москва — Париж», обязательно надо идти!

— Конечно, — как болванчик, кивала Вера. — Обязательно! Знаешь, я давно собиралась! А все никак.

Врала, конечно. Никуда она не собиралась и, если честно, даже не слышала об этой выставке. Но не признаваться же, верно?

Осталось только дожить до завтра.

Такой пустяк!

Уснула она под утро, когда знакомо загомонили птицы и из сада потянуло свежестью и росной травой.

Уснула счастливая. Самая счастливая на земле — в этом Вера была уверена. Да так оно, собственно, и было.

Вера часто перебирала, выуживала, вытаскивала из самых дальних уголков памяти счастливые минуты своей жизни. И точно была уверена, что то лето, лето тысяча девятьсот восемьдесят первого, было самым счастливым в ее жизни.

Навсегда останутся в Вериной памяти тот вечер и та бессонная светлая июньская ночь, с едва колышущимися от слабого ветерка занавесками, с нежным, чуть уловимым запахом уже отцветающего жасмина в дальнем углу, у самого забора, с назойливым, но все же родным и привычным запахом одеколона «Гвоздика», не выветривающимся из дома все лето, — бабушка свято верила в силу одеколона в борьбе с надоедливыми жужжащими кровососущими, — с чуть влажноватой от счастливых слез подушкой, с тихим похрапыванием и постаныванием бабушки за деревянной стенкой. Та ночь в родном, обожаемом доме, из которого она никуда не уйдет, и бабушка, которая будет с ней всегда.

«Счастье, счастье! Откуда же его столько? И все мне одной?»

Вера улыбалась и плакала, и вдруг ей стало не по себе — отчего, она не поняла, но сердце сжалось, заныло, и навалилась такая тоска, что стало страшно и горько. Почему, отчего? Что промелькнуло в ее голове так быстро, почти мгновенно, что называется, и разглядеть не успела? А, поняла... Тогда еще поняла — все кончается. Молодость, счастье. И главное — ожидание счастья! Когда-то его точно не будет.

И дом этот, самый любимый, родной, знакомый до боли, тоже когда-нибудь перестанет существовать в ее жизни. И бабушка... Тоже? И молодость, и надежды. И красота, и здоровье, и силы. Ведь бабушка тоже когда-то была молодой. А мама? И у нее все закончилось. И у нее, Веры, все оборвется, как не было. Молодость, красота, влюбленность. Жизнь. Неужели все это правда?

Она так остро почувствовала это, будто все это так близко, на пороге, и завтра, ну максимум послезавтра, она поймет, что это настало.

«Глупость какая, — ругала она себя. — Какая я дура! В мои восемнадцать — и такие противные мысли! Да и вообще, когда это будет? До этого так далеко, что и думать смешно».

Вера делано рассмеялась, вскочила с кровати, подлетела к зеркалу и зажгла маленький зеленый ночничок.

Она разглядывала себя в зеркале, и сердце ее трепетало от радости.

Стыдно, конечно. Так про себя очень стыдно. Но никто же не слышит, правда? И никто не узнает.

Она тут же простила себя и тихо сказала вслух:

— Верочка! Ну какая же ты красавица. Ну как же ты удалась.

И тут же всхлипнула — это была фраза деда Давида: «Веруша у нас удалась».

И правильно, по-другому не скажешь, все получилось, до самого маленького штриха: и фигура, и ноги, и талия, и грудь. А волосы! А лицо? «Камея», — называл ее дед, доставая из шкатулки старинную камею, брошь его матери.

На бледно-розовой, тонкой, полупрозрачной раковине была выбита головка женщины с опущенными глазами. Легкие волнистые волосы были небрежно уложены кверху. Вера могла бесконечно смотреть на этот тонкий аристократический профиль, длинные тяжелые веки, изумительной красоты шею и чуть оттопыренную нижнюю губу.

Она и вправду была похожа на камею.

Удалась, что уж тут говорить.

Вдалеке запела иволга, и за окном стало светлее.

За стеной зашуршала бабушка, звякнула крышка ночного горшка и раздался ворчливый шепот.

Потом долго гремели пружины, бабушка кряхтела, вздыхала и что-то шептала, наверняка проклинала бедного деда за то, что посмел их оставить.

А Вера уже засыпала. И точно знала, что эту светлую июньскую ночь она не забудет никогда, потому что острые моменты безмерной радости и отчаяния навсегда остаются в памяти.

Да, то лето было счастливым. С Робертом они встречались почти ежедневно.

Шатались по Москве, подолгу сидели в скверах и парках, ели мороженое, проголодавшись, бежали к метро и, если повезет, покупали горячие пирожки или бублики. Купались в Серебряном Бору или в Перхушкове — там жили приятели Роберта.

Иногда оставались у кого-то на даче, где всегда было шумно и весело, много незнакомых, но доброжелательных и милых людей, запах шашлыка, дымок над кустами сирени, бесконечное вино, белое, красное, которое пили, как воду.

Вера быстро хмелела и искала укромный уголок, например гамак, спрятанный в зарослях участка. Проснувшись, она открывала глаза и видела Роберта. Своего Роба. Он был всегда поблизости. Такой близкий, такой родной. Клетчатая рубашка, темно-синие джинсы, черные кроссовки с белыми полосками. Буйная, сто лет не стриженная шевелюра и медового цвета борода. Ну и, конечно, очки — простые, круглые, в металлической оправе, в точности как у кумира, Джона Леннона.

Она смотрела на него не отрываясь, и ее сердце плавилось от нежности и любви. «Мой любимый, — повторяла она про себя. — Мой самый родной. Самый лучший на свете. Единственный мой».

Приближался август, и бабушка засобиралась в санаторий. Путевку давал собес, но, чтобы ее получить, пришлось приложить большие усилия. Въедливые и противные тетки требовали тонну справок о бабушкином здоровье, точнее, о нездоровье. Сыграли роль бабушкины слезы перед суровой и хмурой, недобро усмехающейся инспекторшей ну, и конечно же, подношения — коробка конфет и флакон духов.

— Сколько нервов и сил, Вера! — восклицала бабушка. — Сколько унижений и сколько бессонных ночей! А почему, ты ответь? Ведь мне же положено! При Давке все было просто — путевку он покупал, и никаких поклонов и унижений!

Три дня она приходила в себя, а потом принялась собираться.

Вере всегда было грустно, когда бабушка уезжала, одной в большом доме было неуютно, особенно по ночам. Но в этот август она не могла дождаться ее отъезда, потому что знала: как только бабушка сядет в автобус, придет Роб, ее Роб. И останется здесь, в ее любимом доме, на целую вечность, на все двадцать четыре дня. И это будут двадцать четыре дня абсолютного счастья — они будут вдвоем! Вдвоем засыпать, вдвоем просыпаться, пить чай, гулять, разговаривать. Садиться обедать. Снова гулять, ходить в лес. Пить вечерний чай и снова разговаривать. А потом... потом будет ночь. И он будет обнимать ее, прижимать к себе сильно, крепко и еще нежно-нежно, и станет гладить ее волосы и плечи, и шептать такие слова, что у нее в сотый, в тысячный раз закружится голова и будет казаться, что вот-вот потеряет сознание.

Так все и было, точь-в-точь. Тот август они прожили супругами. Ну, или почти супругами.

Вера старалась изо всех сил — утром бежала на рынок, чтобы купить свежего творога и домашней сметаны, прихватить свеклу и зелень на холодный свекольник. Выпросить у торговца мороженой рыбой, если тот будет в благостном настроении, кусок трески или хека — Роб обожал рыбные котлеты.

В тот август Вера научилась печь блины и легкие бисквитные пироги на пяти яйцах, если они, конечно же, были, а так обходилась тремя. Главное — получше взбить, растереть желток с сахаром добела, ну а туда все что угодно — поспевший крыжовник, сливу, смородину и, разумеется, яблоки. Яблок в тот год было море, не успевали собирать.

Вера варила яблочный джем, и к концу месяца на террасе стояла батарея банок с темно-янтарным, застывшим, как желе, лакомством.

Роберт рубал этот джем и на завтрак, и на ужин — разрезал вдоль батон и аккуратно укладывал приличный слой джема. А Вера, глупая, влюбленная Вера не могла отвести от него глаз.

Все у них было прекрасно, они не сорились, не спорили по пустякам, не раздражались.

«Наверное, так будет всегда, — наивно думала она. — Просто мы подошли друг другу, как крышка к кастрюле».

Вспоминала, как ссорились дедушка с бабушкой. Однажды Вера спросила, почему. Бабушка растерялась и развела руками:

— А надоели друг другу! Столько лет бок о бок, сама подумай! Взбесишься тут, пристукнуть захочешь.

— А ты его всегда любила? — робко спросила Вера.

Бабушка удивилась:

— Конечно, любила. Иначе убила бы на вторую неделю, ты же знаешь, какой у деда характер! Ну и у меня, если честно, не сахар.

— А сейчас, — не отставала Вера, — сейчас тоже любишь?

Иногда, слушая их перепалки, она, по правде говоря, начинала в этом сомневаться.

— Ой, Вера, — поморщилась бабушка, — отстань, ради бога, с глупостями своими: любишь — не любишь! Ну что ты ко мне привязалась? Иди делом займись! Вот ей-богу!

— Нет, ты ответь, — настаивала покрасневшая от смущения и смелости внучка. — Что тебе, трудно?

Бабушка не на шутку разозлилась:

— Трудно, не трудно... Ну ты и липучка! Люблю ли? А черт его знает! — Вдруг она задумалась, примолкла. — В молодости с этим все ясно. А в старости... Не понимаю. Жизнь уже прожита, много пережито. Столько слез и нервов ушло. Дочь схоронили, Иннулю. — Бабушка отерла ладонью слезу. — До какой там любви? Привыкли, срослись, как два дерева, ну и скрипим потихоньку. Вроде и надоели друг другу, а разруби нас, разъедини. И вместе тесно, и врозь скучно. Устали мы друг от друга, это понятно. Но и жить без деда я вряд ли смогла бы. А вот убить иногда его хочется, по голове треснуть, — бабушка улыбнулась, — из дома сбежать. Сколько раз было: все, уезжаю. Хоть на три дня, на неделю. Только бы не видеть его, не слышать его ворчание. Пару раз уезжала — к Токаревым в Рязань. Ну и к тетке Галине в Киев. Села в поезд и балдею — одна! Никто не жужжит, не скрипит, есть не просит. Еду, как королева австрийская, в окошко поглядываю. Потом время обеда. Думаю, экономить не буду, ну их, эти бутерброды в пакете! Пойду в вагон-ресторан. А что, заслужила. Губы накрасила, серьги поправила, платье одернула — и вперед.

Смотрю, еще мужички взглядами провожают. Ну, не мужички, конечно, пенсионеры! Но все равно приятно: «Вот так тебе, старый пень!» Села за стол, открыла меню: борщ с чесночными пампушками, азу по-татарски, мороженое с клюквенным киселем.

Сижу, а в голове одно: «Как там мой Давка? Что ел на обед? Небось, кусок краковской с хлебом, а котлеты и суп греть не стал. Знаю его, все ему лень». А я тут... Борщ с пампушками, а мой дурак его любит! А с каким бы удовольствием он съел азу по-татарски, да еще и с жареной картошечкой! А кисель? Как мой Давка любит кисель. А я ему не варю, неохота».

Аппетит пропал. Вот, думаю, старая дура! И куда рванула, от чего? И от кого? От родного мужа? Сижу, давлюсь слезами. Прямо хоть с поезда прыгай! — Бабушка замолчала и посмотрела в окно. — Вот и думай: люблю, не люблю. Сама решай. Сложно все это, Верочка, потому что жизнь сложная штука, сама убедишься. Да и потом, — подумав, спокойно продолжила бабушка, — мне с ним, скажу тебе, совсем неплохо жилось, сама знаешь. С ребенком взял, с работы снял: «Сиди дома, воспитывай Иночку». Не отказывал ни в чем ни мне, ни дочке моей. И ты тоже это знаешь. Да и почему «моей» — Иннулю нашу всегда считал своей, обожал ее — ни денег не жалел, ни всего остального. Как это можно не оценить? На своих, на кровных, так не щедрятся. А тут на чужую.

Ну а потом появилась ты. Ну а дальше ты сама все знаешь! — Бабушка, поднявшись со стула и хлопнув себя по коленям, дала понять, что разговор окончен. — Иди, Вера, иди! Совсем ты меня заморочила!

«Странно, — подумала Вера тогда. — Говорит, любит, но иногда убить готова». Расстроилась немного, но решила — у всех же по-разному. У бабушки и деда — так, а у меня вполне может быть по-другому. И тоска чуть отпустила.

Двадцать четыре дня пролетели как один. К приезду бабушки они с Робертом вместе убрали в доме. «Все будем делать вместе, — решила тогда Вера, — все и всегда».

Расставались они тяжело, Вера провожала Роберта как на войну, плакала, не могла от него оторваться.

Он удивленно смотрел на нее:

— Ну что ты, Верочка? Завтра же увидимся! Ты приедешь в Москву.

— Я так привыкла к тебе, — рыдала Вера. — Как я смогу без тебя?

Все же попрощались. Роберт ушел задумчивый и, кажется, слегка обалдевший от ее слез и напора. В электричке уткнулся носом в стекло и думал, думал.

«Чудесная девочка, чистая, нежная. Наивная. А какая красавица! Чистюля, хлопотунья, лучшей жены не найти. И матерью наверняка будет прекрасной». В ней он и не сомневался. А вот в себе...

Жениться так рано, в двадцать лет? И самое главное — что делать дальше? Кто он? Себе-то он мог честно признаться, что жениться не собирается и не хочет. Не хочет совсем! И это невзирая на все Верины достоинства. Да и куда ее привести? В их с матерью коммуналку? В шестнадцатиметровую комнату? Разделить ее ширмой? А на что содержать семью? У него стипендия, у нее тоже. Мать не помощница, сама еле сводит концы с концами. Да и замуж все время выходит! Хорошая женщина, но неудачница. Жить с Вериной бабкой? Ох, та с характером. Прийти к ней в дом, в эту Малаховку? Уехать из Москвы, из самого центра, с Кропоткинской, откуда до всех и всего рукой подать? Идти работать? Конечно, можно, например, разгружать вагоны на Рижском или на Курском, он знает ребят, которые там подрабатывают. Но есть одна закавыка — хроническая язва. Поднимать тяжести нельзя строго-настрого, врач запретил. Сказал, что можно и до инвалидности доподниматься. Разносить почту? Копейки, смешно. Идти на завод чернорабочим? А как же учеба? Да и вообще, если честно, стоит ли так ломать копья, так стремиться к этому и так усложнять свою жизнь? Да и ради чего? Они вполне, вполне могут еще пару лет просто встречаться, хотя бы пока не окончат вузы. Потом будут зарплаты и станет полегче. Ну и как-то вообще это, кажется, более разумно.

К тому же Вера наверняка захочет свадьбу — фату, белое платье и все остальное. У девушек всегда так. А ему все это, честно говоря, не просто не надо — противно. Да и друзья не поймут. В их компании это не принято, считается пошлостью, мещанством. Нет, конечно же, от пышной свадьбы Веру можно отговорить, человек она разумный и смотрит на него, открыв рот.

Но самое главное — надо ли торопить события?

Она его девушка, женщина, он ее мужчина. И они любят друг друга, у них все хорошо. Кажется, достаточно для счастья?

Но почему все девушки, даже самые разумные, так рвутся замуж?

* * *

Бабушка заметила горящие внучкины глаза. Ничего не спрашивала, присматривалась, прикидывала, что тут без нее случилось. Неужели у Веры серьезный роман? Ничего удивительного, это нынче норма, все спят до свадьбы. И, кажется, у ее тихони и скромницы Веры кто-то появился. Нет, ничего страшного в этом нет, ханжой Лара никогда не была. Главное — чтобы не принесла в подоле. Вот тогда беда, тогда ужас. А Верка — наивная дурочка, с нее станется! Да и кто этот прынц, господи боже? Нет, надо во всем разбираться. Завести разговор и все выведать.

Бабушка наблюдала за внучкой: плывет, как пава, углы задевает. И смотрит мимо, сквозь. И улыбочка эта дурацкая. Знаем, помним, хоть и склероз.

Ругала себя: «Ох, зря я поехала в этот чертов санаторий, зря! Еда — дерьмо, каша да щи. Лечение так себе. Ничего особенного, и кажется, вовсе не помогло. А про условия и говорить нечего: помойка. В комнате три старухи, и все о своем — кто как сходил, у кого газы. Тьфу, как противно! Все храпят и того хуже. И окно не дают раскрыть — сквозняка боятся! В вони спать не боятся, а свежего воздуха пугаются. Старые дуры, прости господи. Зачем уехала, зачем? Ох, только бы не было беды! С такими, как Верка, чистыми и наивными, это обычно и случается. Потому что скромница и дурочка, верит в алые паруса.

Эх, Дава! Где ты, родной? Зачем ты меня оставил? Ты бы сейчас все разрешил, как всегда. Я ж так привыкла!»

Рано утром Вера полетела в Москву, до станции не шла — бежала. С вокзала поехала сразу на Остоженку, к дому Роберта. Оттуда позвонила из автомата.

Он, кажется, спал и не сразу понял:

— Где ты? Здесь, у подъезда? Как это здесь? Что-то случилось? — ошалело повторял он. — Соскучилась?

Делать было нечего, и он пригласил Веру подняться.

Матери, слава богу, дома не было, на работу она уходила рано, далеко добираться.

Раскидал по углам разбросанные вещи, сунул в ящик трусы. Умылся, натянул джинсы.

Улыбающаяся Вера стояла на пороге, сияющая от счастья, словно пронизанная утренним светом. Встретившись взглядом с Робертом, она смутилась, покраснела, отвела глаза.

Пройдя в комнату, села на краешек стула. Разговор не клеился. Роберт, растерянный не меньше нее, вышел на кухню поставить чайник.

Вера осторожно оглядывалась. Первое, что пришло в голову, — страшный беспорядок, такой запущенный, как говорится, с выслугой лет. Толстый слой пыли на книжном шкафу и бельевом комоде, висящая на трех бельевых прищепках сто лет не стиранная занавеска. Грязные тарелки и чашки, засохшие корки от хлеба и сыра. Крошки на старой, выцветшей клеенке с невнятным рисунком. Мутный светильник со следами от мух. Криво висящая репродукция «Незнакомки». И белье. Серое постельное белье, стеснительно выглядывающее из-под потертого пледа.

Вера сидела притихшая, смущенная, растерянная. Зачем она пришла сюда, кто ее приглашал? Разве так ее воспитывали? Разве не объясняли, что приходить без приглашения неприлично, как и неприлично заставать хозяев врасплох?

Вот и получи, дура! А как, должно быть, неловко Роберту, в какое положение она поставила его!

От волнения и стыда разболелась голова. Как же она себя проклинала, хотелось одного — сбежать. Но Вера себя остановила: еще большая глупость. Роберт решит, что она идиотка.

Но все-таки странно... Вера скользила взглядом по комнате.

Ведь здесь живет женщина. Совсем нестарая женщина — матери Роберта чуть за сорок. Как может она жить в этом кошмаре?

От чая Вера решительно отказалась и стала извиняться, собираясь убежать. Но, столкнувшись с Робертом взглядом, она поняла, что в плену. Они рухнули на старый, продавленный, небрежно застеленный диван и в ту же минуту обо всем забыли. И еще раз Вера убедилась — без Роберта она уже не сможет. А все остальное ерунда. Но совершенно точно, что жить они будут не здесь, на Остоженке, а жить они будут в Малаховке, в их с бабушкой доме. Где чисто и вкусно. Да и как она сможет оставить бабушку?

Облегченно выдохнула: выход нашелся, все решено. А мать Роберта — наверняка неплохой человек. Ну может же быть хороший и образованный человек не очень, так сказать, аккуратным?

С бабушкой разговор состоялся на следующий день — да и что скрывать? Ей восемнадцать, не тринадцать же, верно? Самая пора любви. И ничего предосудительного она не сделала.

На прямой бабушкин вопрос: «Что, уже?» — не ответила, глаза отвела. И так все было понятно.

— Главное не забеременей сразу, — скорбно сказала бабушка, — а то ведь вся жизнь под откос.

Вера удивилась:

— Какой откос, ба? Я же замуж собираюсь!

Бабушка остолбенела.

— Вера! — взмолилась она. — Опомнись! Ну какой тебе «замуж»? Восемнадцать лет! Второй курс, Верочка, второй! А впереди еще три! Да и вообще впереди одни радости! Студенчество! Свобода, Вера, свобода! Гуляй не хочу! Меняй кавалеров, влюбляйся, своди с ума, сама сходи! Страсти — когда, как не в молодости? Ешь полной ложкой, получай удовольствия! Свобода — вот что самое главное! Никаких обязанностей ни перед кем, сама себе хозяйка — вот главное счастье! Без пеленок, кастрюль, чужих капризов, без бессонных ночей, упреков, претензий. Без вранья, наконец!

Ты посмотри на себя! Ты же у меня королева! Красавица, умница. Как тебя бог одарил! И ты, добровольно обречь себя на пожизненную каторгу? А этот твой голодранец? Мы с тобой нищие, а он и вовсе голожопый студент! Мать — корректорша, отца нет и в помине, комната в коммуналке! Да тебя, — бабушка с отчаянием махнула рукой, — арабский шейх, наследный принц достоин, дипломат, режиссер, космонавт или писатель! Понимаешь? Состоявшийся, взрослый мужчина, с квартирой, машиной, с достатком! Да, да, от этого зависит счастливая жизнь!

Вера, опомнись! Никакой свадьбы, слышишь? И слышать об этом не желаю, — кипятилась бабушка, — и в дом его не приводи, голоштанника этого! Видеть его не желаю, слышать о нем не хочу! И об одном молю — осторожнее! Дни считай, график там! На календаре отмечай. — Бабушка замолчала, словно выдохлась. А потом продолжила с прежней горячностью: — Да! И скажи ему, пусть тоже подумает, коли такой большой и взрослый. Все, Вера, все! Тему закрыли! Живи как знаешь, раз уж так вышло. Только учти: голодранца твоего я никогда не приму.

Вера рассмеялась:

— Ба, ты о чем? Какие дипломаты и арабские шейхи? Какие квартиры и машины? Я Роба люблю, понимаешь? И замуж за него выйду, я так решила. Ты уж прости. — И жестко, без улыбки, добавила: — Потому что это моя жизнь, ба. Моя, и только моя.

Не обернувшись, Вера вышла из комнаты и к ужину не спустилась.

Помириться, как обычно, не торопилась. Теперь ей было на все наплевать. На все и на всех, включая бабушку.

«Ну и черт с тобой, — решила Лара Ивановна. — Сама лезешь в петлю, сама разбирайся. Не справлюсь я с тобой, нет сил. Как Инночку с Давкой похоронила, так и закончились они. Только и выжила ради тебя, чтобы тебя одну на этом свете не оставлять. Держалась, сколько могла. А теперь — все».

* * *

Вроде бы и осторожничали — Роберт и сам до смертельного ужаса боялся Вериной беременности, — но все равно попались. Залетела Вера через полгода, о чем и сообщила любимому со счастливой улыбкой.

Роберт принял эту новость философски: «Так — значит так. Сам виноват, мудило. Ну и, в конце концов, чему быть, того не миновать».

Правда, подозревал Веру в том, что могла, могла она забеременеть специально. Вера — она такая. Тихая, скромная, но если уж что-то вобьет в свою красивую голову — берегись! На многое пойдет. Вера из тех, кто идет к своей цели без остановок и передышек.

Но не спросишь же, верно?

Слава богу, от пышной свадьбы сразу же отказались. Да и чувствовала невеста себя неважно. Заказали столик в кафе, традиционно, просто и очень по-советски: салат, шашлык, кофе с мороженым.

Три пары друзей. Бабушка, разумеется, ехать на свадьбу отказалась, сославшись на плохое самочувствие:

— Без меня, молодежь. Без меня.

А будущая свекровь удивленно захлопала глазами и развела руками:

— Робка, а у меня в этот день Золотое кольцо! Кострома, Ярославль, Суздаль и Владимир! Как думаешь, отказаться?

— Не надо, мама, — ответил он, — не стоит. Ты же так ждала эту поездку.

И мать обрадованно закивала.

Свадьба была невеселой, что ли. Нет, не грустной, но какой-то тоскливой. Ни тебе громких тостов и пожеланий, ни громкой музыки, ни уж тем более танцев.

Друзья Роберта — все как один серьезные, для них главное — разговоры. Серьезные мужские разговоры о жизни, политике, науке, мироздании.

Три друга Роберта — Иван, студент Бауманки, Сема, физик из МИФИ, и Петя, только что окончивший журфак и считающийся диссидентом. «Хорошие они, — думала Вера, — но как-то странно... Неужели не понимают, что у нас праздник? Возможно, самый главный в нашей жизни. Почему надо вести эти бесконечные нудные разговоры, спорить о чем-то, вяло, без интереса ковырять в тарелке еду, гасить бычки в блюдцах, не замечая пепельницы, морщиться при громких звуках ансамбля, с тоской посматривать на часы и даже не скрывать своей раздражительности?»

Девушки вроде бы принимали все эти умные разговоры без раздражения. Вера с интересом поглядывала на них. Ванина Катя, тихая, скромная, не подающая голоса, — идеальная женщина, по словам того же Ивана. Ольга, жена Семена, красивая, яркая брюнетка с вечно недовольным и тревожным лицом. И Надя, кажется, случайная, прихваченная для компании.

Петю вообще девушки волновали мало. Надя была смущена и молчалива. Понятно, незнакомая компания, о чем говорить?

В туалете Вера столкнулась с тихой Катей. Та смотрела на нее с восторгом и, кажется, завистью.

— Счастливая ты, Вера! — наконец сказала Катя.

Вера приподняла брови:

— Ну да, у меня же сегодня свадьба!

— Да, свадьба. Вот я и говорю — счастливая. Только почему ты, — Катя запнулась, подыскивая слова, — ну, в таком платье и без фаты?

Простушке Кате было непонятно — как это? На собственной свадьбе в простом, скромном бежевом платьице и без фаты?

— А зачем это все? — небрежно дернула плечом Вера. — Все эти мещанские штучки?

Катя неуверенно проговорила:

— Ну так же принято!

— У кого? — завредничала Вера и жестко припечатала: — У нас — нет!

Катя покраснела и, кажется, обиделась.

«А ведь эта Катя права, — с тоской подумала Вера. — Разве это свадьба? Сплошная трепотня и занудные разговоры. «У нас так не принято»»! А у кого это «у нас»? В компании строгих и заумных Робкиных друзей? Но разве это их праздник? Их, а не наш?»

Вера поправила прическу, натянула на лицо улыбку и пошла в зал.

Понимала — бедная Катя мечтает выйти замуж за Ивана. Но это вряд ли — не захочет интеллектуал Ванечка жениться на деревенской, необразованной девушке. Катя ему удобна: парит-жарит, варит, гладит рубашки и главное — молчит! Но в жены он наверняка возьмет умную, бойкую, современную девицу.

Вера ошиблась — спустя пару лет Иван женился на Кате, так сказать, осчастливил. И надо заметить, что жили они очень хорошо — Катя пообтесалась, набралась московского лоску, родила Ивану двоих детей и взяла бразды правления в свои руки и вполне освоилась: покрикивала на Ивана, делала ему замечания.

Семен с Ольгой уехали в Канаду и, по непроверенным слухам, спустя несколько лет развелись.

Девушку Надю, случайно попавшую на ее свадьбу, Вера больше не видела.

Но это случилось много позже, а пока Вера была расстроена, но виду не подавала, пытаясь себя убедить, что свадьба — всего лишь ерунда, эпизод. А главное — жизнь, которая впереди. Их долгая и счастливая жизнь с Робкой, любимым мужем.

Бабушка «муженька» любимой внучки не приняла, как, собственно, и обещала, — она вообще была человеком слова. К новоявленному зятю относилась с брезгливой иронией и пренебрежением. Разговаривала с ним небрежно, с усмешкой, показывая всем видом, что ни в грош его не ставит.

Вера переживала, страдала, умоляла бабушку быть с Робертом помягче, но бабушка была непреклонна — нет и нет.

— Привела — живи, имеешь право, ты здесь прописана. Но ни любви, ни уважения не требуй — не будет. И ни обедать, ни ужинать я с ним не сяду. Я так доживу. С чужим человеком в собственном доме.

Зная характер бабы Лары, Вера смирилась, но страдать не перестала — как же так, что за эгоизм? Два самых ее любимых человека — и такое взаимное непонимание?

Если бы не обстановка в родном доме, Вера была бы безоговорочно счастлива. Мужа, кажется, она любила с утроенной силой.

Но ее покой и счастье тут же нарушала бабушка:

— Любуешься на этого своего? — желчно интересовалась она и тут же презрительно хмыкала: — Было бы на кого!

Вера плакала, умоляла бабушку пожалеть ее, не омрачать ее счастье, пожалеть ее неспокойную беременность, но все было бесполезно — Лару Ивановну это, кажется, только стимулировало к действиям.

Жили куда как скромно: две стипендии плюс бабушкина пенсия. Бабушка, конечно, выкручивалась, как могла: из одной курицы среднего размера стряпала обед на три дня: бульон из костей, плов из крыльев и мякоти, несколько крохотных котлеток из белого мяса для беременной внучки.

Ножки зажаривала и прятала тоже для Веры:

— Ешь на здоровье! Ты, Верочка, любишь! К тому же, — гневный взгляд в сторону зятя, — тебе надо питаться калорийно. А некоторым, — презрительная усмешка и скобка на губах, — вообще питание противопоказано!

Вера отшвыривала тарелку с любимыми ножками, роняла вилку, выскакивала из-за стола и в своей комнате принималась бурно рыдать.

Роб одевался и уходил из дома. Нет, конечно, Вера все понимала: выдержать бабушку дело нелегкое. К тому же характер, возраст, жизненные невзгоды все это усугубили. Поняла и еще одно — бабушка ее ревновала. Но и переносить подобные унижения вообще за пределом человеческих возможностей! Вера и сама — не сомневайтесь! — схватила бы плащ

и убежала из дома! Мужа она оправдывала всегда и во всем.

Но... В комнате плачет беременная жена, а он, не зайдя к ней, гордо уходит.

Бабушка возникала минут через пятнадцать. Просовывала голову в дверь и иронично осведомлялась:

— Ушел? Вот видишь, какая сволочь! Ты тут страдаешь, а он шляться отправился.

Вера принималась рыдать пуще прежнего.

— Ничего не понимаю, ничего! — кричала она. — Я у тебя, по твоим же словам, единственный свет в окошке. Смысл жизни! И при всем этом ты не даешь мне быть счастливой и убиваешь меня! Ты тиран, баба Лара! Деспот, сатрап!

Бабушка, как ни странно, не обижалась и безнадежно махала рукой:

— Сама все увидишь и попомнишь мои слова. Да будет поздно.

По-настоящему Вера простила бабушку только после ее смерти, спустя несколько лет. Но даже на похоронах поймала себя на мысли, что плачет не по ней, по себе. По своему счастливейшему детству, по большой и когда-то дружной семье. По деду Даве, по Инночке, по отцу. По той бабушке Ларе, которую знала сто лет назад. В другой жизни.

На пятом месяце у Веры случился выкидыш, врачи констатировали «на нервной почве». Среди ночи ее, измученную, увезли на «Скорой».

Бабушка появилась в больнице на следующее утро как ни в чем не бывало, принесла бульон в термосе и вареную куриную ногу.

Увидев эту дурацкую бледную, в пупырышках ногу, Вера расплакалась.

Бабушка гладила ее по голове и приговаривала:

— Вот видишь, Верочка! Бог не Тимошка, ничего случайно не бывает, девочка! Значит, так и надо, так правильно. Теперь тебя возле него ничего не держит, да, Верочка? Выйдешь из больницы и подашь на развод! А там, — бабушка беспечно махнула рукой, — успокоишься, и начнется новая жизнь! Ну кто проживает ее без ошибок, верно, Веруня? Ничего, детка, все войдет в норму, выйдешь замуж за приличного человека, родишь ребеночка! Да не одного — двух или трех! Но, — бабушка нахмурилась, — когда время придет!

Отвернувшись к стене, Вера молчала. Видеть бабушку, ее такое знакомое и когда-то родное лицо, ее седые, убранные в пучок поредевшие волосы, ее очки в серой оправе, ее сережки с желтыми, потемневшими жемчужинами в отвисших старческих мочках было невыносимо. И голос ее слушать невыносимо. «Как же я ее ненавижу!» — с ужасом поняла Вера.

— А чемодан твоему голодранцу я уже собрала! — бормотала бабушка. — Правда, дома он не ночует — ясное дело! Что ему дома — жена-то в больнице! Шляется.

До Веры наконец дошло, что бабушка несет.

— Заткнись! — закричала она. — Заткнись, слышишь! Чудовище! — Она уткнулась лицом в подушку, а потом, резко подняв красное, опухшее лицо, зло выкрикнула: — Уходи, слышишь! Видеть тебя не могу!

Бабушка встала со стула, громко вздохнула и прошаркала к двери.

Роб пришел в больницу вечером, в самый ужин. На тумбочке застывала манная каша. Вера увидела, какими глазами муж смотрел на тарелку.

— Ешь, Робка! Ешь! Я не хочу. Пообедала плотно, еще не проголодалась.

Роберт схватил тарелку, и через пару минут она была стерильно чиста.

В голове промелькнуло: «А ведь бабушка права. Наверное, правильно, что этому ребенку не суждено было родиться. Чем бы мы его кормили, господи?»

И кроме жалости в душе шевельнулось что-то другое — липкое, противное, брезгливое и еще презрительное.

«Папаша. Какой из него папаша?»

Через три дня Веру должны были выписать. Бабушка больше в больницу не приходила, и слава богу. Извиняться ни сил, ни желания не было. Да и видеть ее тоже. Помириться? Нет, ни за что! Как можно простить эти слова, это предательство?

Там, в больнице, поняла и еще кое-что — почему ее родители, Инна и Андрей, ютились в крохотной комнатушке, только бы не жить в доме, где хозяйка — бабушка Лара.

Ведь все как под копирку. Все бабушкины претензии к Вериному отцу, а потом и к Владику, ее вечно поджатые губы, брезгливая гримаса и едкие комментарии.

Поняла, как ее бедной маме было непросто. Ревность — и оттого тирания, собственничество, и оттого неприятие. А ведь бабушка Лара совсем неплохой человек.

Накануне выписки осторожно спросила мужа:

— Робка, а мы теперь... куда? Домой я не вернусь, не уговаривай.

— Да я и не собирался тебя уговаривать. Договорился в общаге, дадут угол. А там посмотрим.

Переехали налегке. Вещи Вера не забирала, не могла переступить порог родного дома и встретиться с Ларой — теперь она называла ее именно так. Как ушла из больницы в наспех надетом платьишке и плаще, так и явилась в общагу.

За трешку в месяц вахтерша Василина, худющая и злющая тетка, выделила им кровать с панцирной сеткой, колченогий стул и столик с самодельной фанерной столешницей. Это был именно угол, свободных комнат не имелось, да им и не положено — москвичи. В противоположном углу стояли свернутые в трубу полосатые матрасы, и до Веры дошло, что это склад. По стене медленно прополз бледный и немощный таракан.

— И ему нечего есть, — еле сдерживая слезы, грустно усмехнулась Вера.

И начался ад. Ей, домашней и избалованной нежной девочке, общежитские привычки и традиции были невыносимы. В дверь постоянно ломились, из общей кухни несло подгоревшим маргарином, в туалете невыносимо воняло, и грязь там была такая, что страшно было зайти. А ее молодой муж пропадал по ночам — шатался по общежитским дружкам.

Нервная, перепуганная, с вечными слезами на застывшем лице жена была ему в тягость. Да и прожить на две стипендии без домовитой бабушки было не просто сложно — это было невозможно.

Ели они теперь картошку и серые макароны, а еще кильку в томате и пельмени, если этот деликатес удавалось достать.

Соседки что-то готовили, выкручивались, как могли, и с презрением смотрели на растерянную Веру: «Вот уж безрукая! Суп сварить для нее проблема! Москвичка-белоручка!» В Малаховке, на родной и уютной кухне, все это было в радость. Здесь же, в этой грязи и тараканах, в этом застывшем, навеки пришкваренном жире, в этой копоти готовить еду было немыслимо.

Сдружиться ни с кем не удалось, да и сама Вера к этому не стремилась. Не курящая, не выпивающая, она была вечным объектом для насмешек. С Робом девушки заигрывали и притворно его жалели:

— Бедный Робик! Как неудачно женился!

Роб стал выпивать, и вот тут начались скандалы и претензии.

Однажды Вера услышала:

— Да катись ты домой наконец, к своей чертовой бабушке!

Услышала и, по-деревенски охнув, осела на кровати.

— Как же так, Роб? — жалобно пролепетала она. — Как же ты можешь?

Пьяный муж шарахнул кулаком по стене и вышел за дверь.

Надо что-то делать, так продолжаться больше не может. Но что, господи? Спасать семью, их любовь. Любовная лодка разбилась о быт? Так пошло и просто?

Вернуться в Малаховку, к бабушке? Нет, ни за что! И получалось, что выхода не было.

Но дело даже не в этом: Вера так любила мужа, что не представляла без него жизни. Да что там жизни — дня без него не представляла, одного дня.

Эта гнусная сцена произошла в октябре, а в начале ноября она поняла, что снова беременна.

«Ну вот, — думала она. — Значит, так надо. Выходит, это судьба — если бог дает ребенка, значит, не все потеряно. Выходит, судьба нам быть вместе. А вот когда родится малыш, все у нас поправится».

Вера была твердо уверена: ее любовь все выдержит.

Новость о ребенке Роберт воспринял странно — кажется, до него и не сразу дошло.

— Как? — переспросил он. — Опять?

Вера нашла силы дурашливо рассмеяться:

— Ага, не опять, а снова! Только теперь все будет нормально. Я точно знаю.

Ходила она тяжело, но зимнюю сессию решила сдать во что бы то ни стало. А вот что будет с летней, старалась не задумываться.

Слышала, что педагоги к беременным лояльны. Ну допустим, сдаст она летнюю. А что дальше? Потом? Что будет, когда родится ребенок? А осенью четвертый курс. Ясли? На няню нет денег, это понятно. Да и просто нет денег! Ни на что. Беременной надо хорошо и калорийно питаться, тем более с ее печальным анамнезом. А уж кормящей матери — тем более.

А ребенку? Фрукты, молочная кухня? А условия? Жить здесь, в этом клоповнике? С полосатыми соседями-матрасами, от которых воняет прелым тряпьем? Господи, что же делать?

Вера чувствовала, что не радость, а тоска наполняет ее бедное сердце. Беспросветная, черная и вязкая, липкая и тягучая, как вар, тоска.

Как жить дальше, что делать? В конце концов Вера вынуждена была признаться самой себе: Роб ей не помощник и не советчик. Кажется, бабушка была права.

Но даже при том, что наступило прозрение, любовь к мужу не уменьшалась ни насколько.

Как-то раз в воскресенье, проплакав весь день — слава богу, Роберт ее слез не видел, как всегда, отсутствовал, — Вера собралась и поехала в Малаховку. Делать было нечего, потерять второго ребенка она не могла.

Позже, спустя много лет, когда жизнь ее наладилась и стала прекрасной, вспоминая те времена, Вера удивлялась одному — как она смогла выжить тогда? Как смогла устоять, не свихнуться, не сломаться, не попасть в психушку? Как она вообще осталась на этом свете? Непостижимо.

Вера топталась у калитки, не решаясь войти. Родной дом, стоявший в глубине заросшего и давно заброшенного сада, показался ей маленьким, кособоким, несчастным и всеми покинутым. Забор, когда-то крепкий, из отборных досок, поставленный, конечно, дедом Давой, накренился и облез, и от прежней его крепости, устойчивости и красоты не осталось и следа. Увидела она и облезлую, сто лет не крашенную крышу, и неметеные дорожки — все то, что когда-то казалось вечным. Дед всегда говорил: «В этом доме еще мои внуки поживут!»

Вера набралась смелости и, открыв жалобно скрипнувшую калитку, пошла по дорожке — когда-то нарядной, посыпанной яркой кирпичной крошкой, давно смытой дождями и снегом. Сейчас на ней тут и там валялся мусор, ветки, листья, шишки.

Вера шла медленно, осторожно, чтобы не оступиться, всеми силами оттягивая встречу с бабушкой. Она очень боялась: как Лара встретит ее? Не выгонит ли? Ожидать можно было всего.

«Извинюсь, — решила Вера. — Ну что мне стоит, в конце концов? Да, она была не права, но ведь и я тоже. Да, извинюсь, от меня не убудет. И, конечно, она меня простит. Как она может не простить единственную внучку, единственного родного человека? Про беременность сразу не расскажу, подожду, а то все начнется по новой. Помиримся, притремся, приживемся, и вот тогда расскажу. И напомню ее же слова — раз бог так решил, значит, так надо. Но ведь, если честно, бабушка оказалась во многом права. Нет, в этом я ей никогда не признаюсь. Ни ей, ни кому другому».

Остановилась возле крыльца, с грустью заметила, что почти развалилась, рассыпалась в труху нижняя ступенька — наверное, короеды. Но почему так подозрительно тихо, как будто в доме никто не живет?

Сердце подскочило к горлу. Что-то случилось? Господи, да она этого себе не простит!

Вера толкнула дверь и крикнула:

— Бабушка!

Никто не отозвался. В прихожей сильно пахло сердечными каплями. Пол, обычно вымытый добела, весь был в ошметьях засохшей глины, жухлых, темных листьев и прочего мусора. Когда-то яркий придверный коврик, грязный и скомканный, валялся сбоку.

Вера бросилась в бабушкину комнату, распахнула дверь.

— Здесь я, — услышала она знакомый и очень слабый голос. — Чего кричишь? Жива еще, не померла, не надейся.

В комнате было совсем темно — плотные темные шторы были задернуты наглухо.

Вера бросилась к кровати, плюхнулась на колени и уткнулась лицом в бабушкину руку.

— Прости меня, прости! Ты болеешь? Я же не знала, что ты болеешь! Почему ты не дала знать? Что с тобой, ба? Что у нас вообще происходит?

Вера целовала бабушкину руку, тыкалась лицом в одеяло, гладила бабушкины волосы, что-то бормотала, шептала, вскрикивала, умоляла простить ее, принималась целовать и захлебывалась слезами.

— Все, все, — ровным, спокойным голосом проговорила наконец бабушка. — Успокойся. Ну, Вера! Что ты устроила, а? Развела тут соплей океан. Все, Вера, все! Что выяснять? Что объяснять? Почему не дала знать? Да куда? Что я знала, куда вы ушли? Ну все, все! Хватит, ей-богу! Да что ты заладила — прости да прости! Не о чем говорить, Верочка! Ты здесь — и слава богу! Ты дома, Веруша! Со мной. Мы вместе, вдвоем, и слава богу! И хорошо, Верка, да? Вот оно, счастье! Ну ладно, я тебя не ругаю, не мучаю, все понимаю — молодость, у всех бывает. Но пережили, верно? Все ведь прошло? Значит, будем жить-поживать, да, Верушка? Главное, что ты здесь, дома, со мной. А кто не ошибается, Верочка? Таких нет! Все, все! Иди умойся и успокойся! И будем жить дальше, родная моя. Вдвоем.

Вера молча кивнула.

Выяснилось, что бабушка болела три месяца. Ослабли ноги, взбесилось давление.

— Так бы и померла, если бы не Тамарка, — усмехнулась бабушка. — Зашла как-то случайно, увидела меня и взяла под контроль: врача вызвала, продукты принесла, постирала. Забегала раз в неделю проведать. Я понимаю: времени у нее нет — дом, работа, ребенок. Какое ей дело до чужой старухи? Но нет, не бросила. Уговаривала тебя найти, говорила, что из-под земли достанет. А я: нет, не надо, не беспокой Верку. Я сама виновата, вот и расхлебываю. Сволочь я старая.

Вера удрученно молчала. Чувство вины, страшное, неистребимое, терзало и грызло: «Как я могла? Как я могла бросить одинокого старого человека? Свою родную бабушку, которая меня вырастила и, по сути, спасла?»

Молчала еще и потому, что смелости сказать всю правду не хватало.

Жалобно всхлипнула. Бабушка слабо улыбнулась:

— Да что ты, Верочка? Все в прошлом! Теперь-то все хорошо? А будет еще лучше, моя дорогая! Заживем, как в прежние времена, а, Вер? Две девицы под окном, помнишь? — Бабушка засмеялась счастливым, почти молодым смехом. — Да и дел у нас накопилось, Верушка! Ох, сколько дел! На кладбище надо идти? Надо. Почти год у наших не были, представляю, что там творится. Давка, небось, в гробу переворачивается. И Инночка тоже. Ну и этот, папаша твой. Ладно, бог с ним. Такие вот дела. — Бабушка помолчала, прикидывая. — А дом? Ты же видишь, что с домом? Все запустила. Тяжело. Тяжело, Веруша, без мужчины. Дому хозяин нужен, как твой дед. А без хозяина дом чахнет, вянет и рушится. А участок, Верушка? Больно смотреть. Ладно, бог с ними! Как-нибудь, потихоньку. И в доме приберемся, и на участке. Надо Томку спросить, у нее на рынке куча бомжей и алкашей, может, кто за бутылку и приберется.

Вера снова кивнула.

— Да, ба. Приберемся. Конечно. — Она раздвинула шторы. — Ну что ты как крот? Так ведь совсем тоскливо. Повеситься охота.

Бабушка сидела на кровати, свесив худые, бледные ноги.

— Тоскливо, — согласилась она. — Но так легче, поверь. Света белого видеть не хотелось, так тошно было.

Вера отвела глаза. Стыдно. Но при свете увидела — бабушка постарела лет на десять. Прежде всегда ухоженная и аккуратная, хорошо одетая, причесанная, с подкрашенными губами, подведенными бровями, Лара окончательно превратилась в старуху: седые спутанные ведьминские космы, изможденное, серое, морщинистое лицо, нестриженые, желтые ногти. Баба-яга. И во всем виновата она, Вера. Это она оставила бабушку, бросила на произвол судьбы. И судьба ей этого никогда не простит. Да ладно судьба — сама Вера себе этого не простит. Но как жить дальше? Как? Как сказать бабушке правду?

Выкупала ее в тот же день, постригла волосы и ногти, переодела в чистое, содрала грязное, лежалое, вонючее постельное белье. Пока тащила его в ванную, чуть не вырвало. Проветрила дом, вымела его, отскребла полы, перемыла посуду в желтых пятнах застывшего жира. Замочила черные от пыли занавески.

Нашла в холодильнике полкочана капусты, две полугнилые луковицы и пару проросших картошин. Сварила какую-то бурду, мало похожую на щи. Но похлебали. Из остатков муки напекла блинов на воде — за хлебом идти сил не было, решила, что завтра. Завтра же и зайдет к Тамарке, скажет спасибо, поклонится в пояс. Ну и в поликлинику, к участковому врачу. Там же встанет на учет в женскую консультацию, пора. А на кладбище — потом, успеется и через пару дней. Мертвые подождут и не обидятся, с живыми бы разобраться. И самое главное — с собой.

Тамарка стояла за прилавком хмурая, раздраженная, раскрашенная, как воинствующий индеец. Увидев Веру, удивленно вскинула брови:

— Явилась, блудная дочь?

Вера кивнула и поискала глазами, куда бы сесть.

Тамарка пристально посмотрела на нее, все поняла и вытащила из-за прилавка табуретку. Вера тяжело опустилась на нее, сумку с овощами и хлебом пристроила в ноги.

Тамарка вопросов не задавала, продолжала заниматься своими делами: пересчитывала квитанции, еще больше хмурилась и, кажется, злилась. Иногда выдавала сквозь зубы коротко и емко:

— Уроды!

«Наверное, про сотрудников», — подумала Вера. Посетителей почти не было — зашла пара женщин, вяло пощупали висевшие на вешалках тряпки, хмыкнули и молча вышли.

— Говно торговля, — зло бросила Тамарка. — Товары говно и торговля говно. Валить надо отсюда. — И она громко хлопнула по прилавку. Прихватила пачку сигарет, спички и кивнула Вере: — Пошли покурим. Ну и поговорим заодно.

Вера послушно встала. Тамарка с интересом наблюдала, как подруга тяжело поднялась с табуретки. Заметила и то, что Вера отодвинулась, когда она закурила.

— Чё, опять? — недобро усмехнулась Тамарка.

Вера молча кивнула.

— Ну, ты даешь! От мужа?

Вера нахмурилась:

— Да что ты такое говоришь? Конечно, от мужа! А от кого, господи?

— Да мало ли, — усмехнулась Тамарка.

Помолчали.

— Спасибо тебе за бабушку, — тихо сказала Вера. — Я этого никогда не забуду.

— Брось, — махнула рукой Тамарка, — ерунда. Я ж помню, как Лара Иванна меня в детстве жалела! То булочку сунет, то конфетку. Знала, что я ходила голодная. — Тамарка бросила на землю окурок, затушила его подошвой и спросила: — Ты навсегда? В смысле, домой?

Вера кивнула.

— Ну и правильно, — обрадовалась подруга. — Хватит, нашлялась! Вер, — Тамарка вдруг словно догадалась о чем-то, — а баба Лара-то знает, — и она кивнула на Верин живот, — ну, про это? И как ты со своим-то теперь?

— Бабушка пока не знает, — ответила Вера. — Скажу позже. Ей надо прийти в себя.

Тамарка понимающе кивнула:

— Ага.

— А со своим... — Вера усмехнулась. — Живу, Томка! Не скажу, что замечательно, но живу. Потому что люблю. Было у нас не очень просто. Сложно было. И плохо. Поганые условия, общага. Ну ты понимаешь! — Вера вспомнила весь ужас, который пережила в общаге, но тут же улыбнулась, вернее постаралась улыбнуться. — А сейчас у нас все будет прекрасно!

Тамарка посмотрела на нее недоверчиво. Впрочем, и Вера тоже, чего уж кривить душой, не очень была уверена в том, что говорит.

Роб приехал через пару дней, почти в ночь. Бабушка давно спала. Вера услышала шорохи, вскочила с постели, увидела его силуэт, и сердце зашлось от счастья — приехал! Он влез он через окно, и, зажимая рты, чтобы, не дай бог, не разбудить бабушку, они, перебивая друг друга, сбивчиво заговорили и смеялись, как дети. Ромео и Джульетта, господи! И это законные муж и жена! Осторожно, чтобы не скрипнуть полом, Вера притащила с кухни холодную картошку, огурец и кусок колбасы — видела, какой муж голодный.

А потом была ночь, светлая от ярчайших, каких-то странных звезд и огромной жемчужной луны, освещавшей Верину комнату.

Роб говорил, что любит ее, не может без нее жить, каялся и вымаливал прощение, твердил, что он законченный мудак и сволочь, безголовый баран, скотина. Как он мог обидеть ее? Как мог такое сказать? Как он мог так вести себя?

— Подонок, — твердил он и плакал, вымаливая прощение.

А Вера, счастливая Вера тихо смеялась и гладила его по голове:

— Дурачок! Ты мой самый любимый дурачок! Я давно тебя простила, глупенький, потому что люблю. Все прошло, Робка. Все самое гадкое позади. Теперь у нас будет все хорошо, слышишь? Будет сплошное и вечное счастье! Мы помирились, бабушка меня простила — счастье! У нас есть дом, свой дом, Робка! А скоро, — Вера счастливо рассмеялась, — будет сынок.

— Почему сынок? — удивился он. — А если девочка?

Вера покачала головой и уверенно добавила:

— Сынок, Робка! Я это знаю, чувствую.

Крепко обнявшись, под утро уснули.

Погода стояла чудесная, больше никогда в ее жизни не было такого теплого, бездождливого и счастливого октября. Никогда.

В веронских любовников играли до самого декабря. Скучала Вера по мужу страшно. Он приезжал три раза в неделю, иногда и четыре на предпоследней электричке — Вере казалось, что она узнавала именно ее «голос», — очередная бессонная ночь, и рано утром, еще в зимней темноте, он уезжал. Только теперь к приезду мужа Вера готовилась тщательнее, как шпионка: отварную картошку заворачивала в три слоя газеты и прятала под подушку.

В один из его приездов Вера узнала, что сессию он завалил и стипендии у него нет, лишили. С того дня стала давать ему деньги: то рубль, то трешку, иногда могла выкроить и пятерку. Роберт смущался, но брал.

Дома Вера ходила в старом широком халате, крутилась перед зеркалом, и ей казалось, что живот не виден, халат все скрывает. К тому же бабушка подслеповатая. Нет, наверняка она не замечает. Уж Лара бы не смолчала, не в ее характере. Но время идет, и признаваться придется.

— Когда пойдешь сдаваться? — шутила Томка.

И это счастливую Веру мучило больше всего. «Какая же я трусиха, — думала она. — И в кого, интересно? Заячья душонка. Стыдно-то как». Но все тянула, тянула.

Под Новый год расклеилась — любимый праздник а она без мужа? Да и Роб точно отправится в веселую компанию, а уж последствия известны всем: напьется наверняка. А где это, там и все остальное. С беременностью Вера стала ревнива — гормоны. Да и не знала она толком ничего о его московской жизни — где и с кем он проводит время? Знала, что его легкомысленная мать в очередной раз вышла замуж и привела в дом мужчину, а это означало, что Роб там не к месту. А она живет в лесу, в город не ездит — тяжело, да и незачем. Он молодой, здоровый и симпатичный мужчина. Девок вокруг полно, кто откажется? Вера решила твердо: напросится с ним на праздник в Москву. Она, между прочим, законная жена, имеет право.

Стала вытаскивать вещи из шкафа, плюхнулась на кровать и разревелась: старье. Все немодное старье, как из бабушкиного сундука. Попробовала натянуть на себя что-что, ни во что не влезла, это понятно. Смогла застегнуть только одно платьице, серое, скромное, каждодневное. Но встала в профиль и ужаснулась — платье страшно обтянуло выпирающий живот, задралось спереди, сморщилось на спине, жало в плечах и рукавах. Словом, ужас.

Вера поняла, что ни в какую Москву она не поедет, — еще чего, позориться! Сомнения и страдания разрешила бабушка двадцать девятого декабря, за ужином.

— Ну что квасишься? О милом своем тоскуешь? Приводи, чего уж! Хватит в Штирлица играть.

Вера застыла у плиты:

— Ты... все знала?

Бабушка усмехнулась:

— А ты думала, я совсем из ума выжила? Не слышу эти ваши шашни? Делай, Вера, что хочешь, твоя жизнь. Впрочем, ты и так делаешь.

Вера, не поднимая на бабушку глаз, красная как рак, присела на стул.

— Прости, ба.

Бабушка отмахнулась:

— О чем сейчас говорить, Вера? Каждый сам кузнец своего счастья. Ну это ты уже поняла. Твой выбор. Да и теперь-то что! — И бабушка кивнула на Верин живот. — Теперь-то что говорить, когда ребенок на подходе.

— И это ты знала? — воскликнула Вера.

— Ох, Вера! Ну за кого ты меня держишь, ей-богу? Даже обидно! Я что, не женщина, беременной не была? Инночку, дочку свою, не видела, когда она с тобой, глупой, ходила?

Вера удрученно пробормотала:

— Так вышло, ба. Извини.

— Да что я, Верочка? Не обо мне речь. Ладно, все. Дала себе слово — ни-ни! Вот и стараюсь его сдержать. Хоть мне и непросто. И обидно еще — что я тебе, лютый враг? Или дурочка слабоумная?

— Прости, — тихо повторила Вера.

Но камень с сердца свалился. Нет, не камень — надгробная плита. Все, врать больше не нужно, ура! И самое главное — Робка может спокойно прийти и остаться! Ну и принялась хлопотать — праздник!

В магазинах по-прежнему было стерильно. Но кое-что под праздники все же «выбрасывали». И снова спасибо Тамарке — сунула Вере здорового жирного гуся, два десятка яиц, две пачки масла, банку зеленого горошка, банку томатов в собственном соку и банку горбуши на салат. Томка, милый и верный дружок! Куда я без тебя! И стол теперь будет роскошным.

Ах, как хотелось быть красивой — стройной, тоненькой, легконогой, как прежде. Но ходила она, как утка, переваливаясь с бока на бок. Корова, толстая и неуклюжая корова. Ловила на себе разочарованный и жалостливый взгляд мужа — только кого он жалел, ее или себя? Или ей все это казалось? Беременные, они же такие мнительные.

Влезла только в старую темную юбку и мамину кофточку — светлую, летнюю, легкую, в синих цветах. Накрасила ресницы, чуть-чуть губы и распустила волосы, но они не лежали. Совсем не лежали. Ее когда-то послушные, легкой и пышной волной струившиеся роскошные светло-русые волосы выглядели грязными, клочковатыми, свалявшимися. Пришлось закрутить дурацкий пучок.

Накинула бабушкину павловопосадскую шаль — на черном фоне бордовые, желтые и синие розы. Смешно, конечно. Но хоть как-то прикрыла старые тряпки и выпирающий живот. «Ничего, — успокоила себя, — приду в норму! Через два месяца рожу и похудею, исправятся кожа и волосы, я снова буду красавицей». Но из глаз брызнули слезы, как у клоуна в цирке, фонтанчиком.

Без десяти двенадцать, когда Вера просмотрела все глаза и почти отморозила лоб, прижимаясь к холодному стеклу, бабушка не выдержала:

— Все, Верочка, все. Садимся за стол. Проводить надо Старый, такой обычай. Ну и поесть давно пора — вон какой стол, как ты расстаралась!

Вера не обернулась.

— Садись, Верушка, садись! Хватит маяться! И ничего страшного, ты мне поверь! Ну выпил, ну загулял в компании, большое дело! Молодой ведь. Дурак. Мозгов-то не нажил... Приедет попозже, никуда не денется. Садись, Вера, садись. Примета есть: как встретишь Новый год, так и проведешь.

И Вера села за стол.

Больше всего хотелось смахнуть скатерть на пол, чтобы разлетелись, развалились на части плошки с салатами, грохнулся жирный, тяжелый гусь и тяжелые темно-янтарные золотистые капли гусиного жира забрызгали стены, потолок, пол, стулья, диван, телевизор, старый ковер. Чтобы все покатилось, разбилось, запрыгало по полу, залило жиром, сметаной, майонезом, маринадом, томатом. Чтобы разбился, разлетелся вдребезги старый, еще дедов, мальцовского хрусталя, тяжеленный вишневый кувшин со смородиновым морсом и тоже замызгал от всей своей хрустальной души все-все, словно кровью. Чтобы все это разнести к чертям! К чертям собачьим! Как и всю ее жизнь — ее пустую, дурацкую жизнь. Чтобы все грохнуло, как выстрелило.

И не убирать! Ни за что не убирать, ни за что! Чтобы смерть и тлен. Чтобы все испортилось, завоняло, скукожилось, высохло. Только выкинуть. Вместе с посудой, вернее, с ее останками.

А потом закрыться в комнате и реветь, реветь, реветь. Выть, как собака, как волк, как облезлый шакал. А потом — умереть.

Но была бабушка. И еще тот, кто отчаянно бился крохотными ступнями и кулачками в ее животе. Поэтому умирать нельзя. Надо жить дальше.

Под звон курантов выпили по глотку невыносимо сладкого шампанского. Вера с трудом проглотила ложку рыбного салата, на все остальное смотреть не было сил. Извинилась и ушла к себе. Бабушка поняла и не возражала. Уселась у телевизора, приглушила звук.

Господи! Да что за жизнь такая! За что? Вера святая! Красавица, умница. А Инночка, ее Инночка? Разве она, ее тихая девочка, заслужила такую страшную судьбу? Вспомнила и себя — до Давы, конечно: пьянство и уход мужа, Инночкиного отца, его измены. Сколько слез она тогда пролила? И откуда они брались? И нищету, и жизнь в бараке, и промерзлые, покрытые инеем стены. И дочкины бесконечные ангины и пневмонии. Вспомнила, как считала копейки — хватит ли на хлеб и молоко? Вспомнила, как жалела выкинуть жухлую, проросшую картошку в старой кошелке — ведь из нее можно сделать прекрасные драники. Драники, серая вермишель, омлет из яичного порошка, маргарин вместо масла на хлеб. И было вкусно. Только почему, когда она ела эту вермишель и этот маргарин, так плакала?

Это потом повезло — в ее жизни появился Давка. Если бы не встретила его тогда, что бы с ними было? А ничего бы не было — все тот же барак, который она не могла вспоминать без содрогания. Та же нищета и та же вермишель. Все как у всех, ничего необычного.

Так жили все. Ну или почти все. Так жили в их бараке в Раменках, у черта на куличках. Так жили в соседнем. И ничего, жили! И даже радовались. Война закончилась, началась мирная жизнь.

Сколько лет нет ее Инночки! Целую жизнь. И Верушка выросла и скоро родит. И она, Лара, после смерти дочери — вот чудеса — не сдохла, выжила. А как хотелось сдохнуть! Если бы не Верочка и не Дава, точно бы наложила на себя руки. Да ладно, что о ней говорить, ее жизнь прожита, остались копейки на сдачу. А внучкина жизнь только начинается. И уже такое. За что? Разве смерти Инночки *ему* не достаточно? Ай, повторяй, не повторяй, вопрошай, не вопрошай — что толку? Никто ее не слышит, никто. Не к кому обращаться.

Мама учила — к богу. Мама верила, папа верил. Все тогда верили, все. Наверное, им было легче.

Она помнила иконы в родительском доме в Большом Татарском: темные образа, под ними лампадки. Помнила, как истово, царствие ей небесное, молилась мама. Было страшновато, но очень интересно — о чем мама просит? Ведь, кажется, у них все есть: дом, уютный и крепкий. Старый разросшийся яблоневый сад. Есть братик Володечка, маленький и кудрявый, в кружевном чепчике, милый такой и капризный. Лара его обожает, хоть и немного ревнует маму к нему. Но все хорошо. Все так хорошо, что даже страшновато — а вдруг что-то изменится? Но нет, ничего не меняется, все слава богу. И дом их стоит, и цветет сад, и в окна врывается и кружит, кружит по комнатам сладкий запах яблонева цвета и сирени. Ах, какая у них сирень — загляденье! Лара видит, как прохожие, воровато оглядываясь, торопливо обламывают свисающие за забор гроздья — белые и малиновые, чернильные и розоватые. Все еще хорошо. И вечерний чай со сладкими сдобными пирогами, и папины долгие и подробные рассказы про дело. Дело — это их магазин, в котором торгуют мехами. И мамины осторожные комментарии:

— Здесь, Ванечка, надо было не так, извини.

И папино раздражение:

— Ну ты, разумеется, в коммерции большой спец, Маша!

А потом он всегда соглашался, извинялся и целовал маме руку:

— Погорячился, прости!

Папа был взрывным, скорым на конфликт. А мама умела ладить с людьми, со всеми без исключения: с прислугой, приказчиками в магазине, со строгим доктором Вяльцевым, лечившим их семью. Умницей была мама, умницей и терпимицей.

Лара прекрасно помнила праздник Святой Пасхи — самые лучшие дни. Запахи куличей с изюмом и цукатами, ровная горка творожной пасхи с буквами из изюма — ХВ. И ароматы ванили и маминых духов от вошедшего в моду французского парфюмера Коти. И праздничная служба в Елоховском, и перезвон колоколов. И румяный толстенный гусь, и тугая белая скатерть, и нарядные гости. И мамочка в новом платье, и папа в узком и изящном сюртуке. И Володечка, измазанный вишневым вареньем. Все еще было. Но до поры.

Сначала умер папа — поскользнулся, упал, сломал ногу, и оторвался тромб. Совсем молодой, едва исполнилось сорок лет. После его ужасной, нелепой смерти стала чахнуть мама. Бедная мама. А потом случился переворот. Мама шептала:

— Слава богу, Ванечка до этого ужаса не дожил, иначе бы умер от разрыва сердца.

Какая разница, от чего умереть — от перелома ноги или от разрыва сердца, думала пятнадцатилетняя Лара.

Магазин отобрали — национализировали. Да и какие меха, когда людям нечего есть? Слава богу, не отобрали дом, но тоже до поры. Потом умер от воспаления легких Володечка, лекарства ему не достали. И доктора Вяльцева к тому времени не было — эмигрировал. Ходили слухи, что доктор живет в жарком Стамбуле и страшно бедствует.

После смерти Володечки мама слегла окончательно. Долгих четыре года не вставала, почти не ела, да и что было есть. Лара размачивала ей сухари в морковном чае.

Мама беспрестанно молилась. Кому? Какому такому богу, господи? Который отнял у нее и сына, и мужа? Просила счастья для Лары:

— Она единственное, что у меня осталось.

Лара бегала на Сухаревку, продавала, выменивала. Пока в доме не стало пусто.

Перед самой смертью мама тихо сказала:

— Лара, не верь им, слышишь? Все врут — не может быть так, как они говорят! И не ходи к ним, слышишь? Дай слово, что с ними не будешь! Им не верь, а *ему*. — И мама подняла глаза к потолку. — *Ему* обязательно. Обязательно, — повторила мама, — слышишь?

Под утро она ушла.

И Лара осталась одна. Слово она не сдержала — к *ним* пошла, деваться было некуда. Устроилась на фабрику швеей, шила сатиновые рубашки из красного кумача. Надо было хоть как-то кормиться.

А в доме, прежде родном и любимом, оставаться было невыносимо. Все, все напоминало о прежней жизни — и фотографические карточки, и портреты на стенах. Мама, папа, Володечка. Тогда еще все вместе. Семья. На фабрике Лара познакомилась со слесарем Алешкой Кургановым, своим будущим мужем. Тот был из рабочих. Веселый, чубатый, с большой расщелиной между передними зубами. Остряк, весельчак. Он Ларе нравился, хотя его манеры ее немного смущали. Алешка же ими бравировал: да, мы такие, простые! Не то что вы — буржуи. Свадьба была комсомольской, как было тогда принято — картошка, селедка, винегрет. И все в красном уголке, под портретами вождей революции. И той же ночью сгорел Ларин дом, дотла сгорел, как будто отомстил ей, что она окончательно ушла к *этим*.

— Не беда, — смеялся молодой муж, — станем жить в общежитии. Это будет по-комсомольски, по-настоящему, начинать надо с трудностей.

Потом Лара часто думала: «Да, это *их* лозунг — преодоление. Все на грани возможностей, все на сопротивлении. Только зачем?»

Поначалу жили неплохо. Родилась Инночка. А потом Алешка начал пить и гулять. А дальше известно.

Иногда думала — как жаль, что сгорела мамина иконка, самая любимая, маленькая, с ладонь. У Николая Чудотворца мама просила здоровья и покоя.

Хотя что там икона? Людей близких нет, а она об иконе горюет. Да и Бог... Разве он есть? Если бы был, разве бы допустил? Разве позволил бы забрать у нее Инночку, а потом Даву и сотворить такое с Верушкой?

* * *

Ночью у Веры заболел живот, сделался твердый, как камень. Испугалась: «Неужели опять? Вызвать «Скорую»? Увезут в больницу. Нет, нельзя. В больнице сойду с ума».

Выпила ношпу и всю ночь гладила себя по животу, разговаривала с сыном: «Прости, сыночек. Знаю, что виновата. Все будет хорошо, маленький мой! Я тебе обещаю! Только ты успокойся, ладно? Не нервничай, а?»

И надо же — через пару часов вконец разбушевавшийся младенец угомонился, а следом уснула и Вера.

Роберт появился спустя два дня. Весь его вид говорил о том, что погулял он неплохо, видимо, от всей души. Вера встретила его холодным и скорбным молчанием, от извинений отмахнулась, хватит, наелась.

Ушла в комнату к бабушке — та, по счастью, ничего не комментировала. Прилегла в кресле с книгой, задремала. Проснулась, когда хлопнула входная дверь. И слава богу — видеть и слышать его было невыносимо.

Но со временем отпустило, кажется, спустя три недели, кое-как помирились, и Роберт опять уехал в Москву. Ни денег, ни продуктов не привозил ни разу. Да Вера и не ждала ничего. Давно не ждала.

Роды начались под утро — проснулась от жуткой боли. Как договорились, позвонила Тамарке. Та примчалась через пятнадцать минут, а следом приехала «Скорая». К ночи Вера родила сына.

Когда смешливая молодая акушерка в длинных цыганских серьгах подняла ребенка и весело спросила: «Кого родила, мамочка?» — Вера счастливо рассмеялась и подумала, что самое главное в ее жизни уже произошло. А все остальное — глупости, все не важно. Теперь главное — сын. Да так оно, собственно, и было. И, кстати, осталось навечно, навсегда: главное — сын, Вадим.

Странно тогда они жили. Странно и нелепо. Вера крутилась с младенцем: сынок ей попался беспокойный, спал помалу, день путал с ночью, и измученная Вера валилась с ног.

Бабушка старалась помочь, но получалось у нее плохо: трясущимися руками бабушка проливала драгоценный кефир из молочной кухни, роняла соску и совала ее в ротик правнука, забывая ополоснуть. Вера раздражалась, злилась, срывалась на крик. Бабушка, ее железная Лара, плакала и уходила к себе. Потом принималась плакать замученная Вера. Сын — безусловное счастье! Но почему все так? Почему никакой радости, никакого душевного успокоения, никакого умиротворения? Только адская усталость, вечно ноющая спина, взрывающаяся от болей и бессонных ночей голова? А еще — раздражение и неведомая прежде ей злость, и обида, страшная обида на судьбу. Почему у нее так невесело и так сложно? Сама виновата?

Поборов стыд и раздражение, ставшие ее постоянными спутниками, Вера бежала к бабушке извиняться. Плакали вместе, после чуть-чуть отпускало. Ободренная бабушка принималась хлопотать — то возьмется варить суп, и он у нее непременно выкипит, то начнет жарить картошку и уснет на диване. Приходилось выбрасывать и картошку, и последнюю приличную сковороду.

И снова по кругу — плачет Вера, бабушка плачет. Опять раздор и временное перемирие. А потом бессонная ночь. В зеркало Вера не смотрела — зачем, только расстраиваться. Ни в какую долгожданную форму она не пришла — какое там! Окончательно отощала, глаза были безумными, запавшими, губы серые, бледные, волосы сухие и тусклые.

Где прежняя Вера — стройная, веселая, доброжелательная красавица, обожавшая весь мир? Где ее золотой, спокойный характер? Где ее любопытство и вечный интерес к жизни? Ничего нет, все испарилось. В зеркале она видела постаревшую, смурную, недобрую и недоверчивую женщину, вряд ли ждущую чего-то хорошего.

Муж? Ах да, муж! У нее же был муж! Муж приезжал пару раз в неделю, и это в лучшем случае. Наспех, наскоком, среди недели всего-то на пару часов, сидел как на иголках, нервно поглядывая на часы. Вера кормила его обедом — он никогда не отказывался, — крутила, вертела перед ним сына, но Роберт опасался брать Вадима на руки, отпрыгивал, как от огня.

В эти часы бабушка не выходила из своей комнаты — еще чего! Зятя она презирала пуще прежнего и тайно ждала, что Вера все-таки опомнится — ну невозможно же, правда? Ну неужели ее обожаемая Верушка такая, простите, конченая дура? А выходило, что да. Каждый раз Лара ждала, прислушивалась — Верушка подняла голос, разозлилась на что-то наконец-то! Вот сейчас, сейчас выставит его за дверь, окончательно и навсегда. И эта никчемность, этот прыщ, это ничтожество, пыль под ногами, внучкин мучитель навсегда исчезнет из их с Верой жизни.

Но нет, как говорится, ничего похожего — Вера с гордостью демонстрировала мужу успехи сына, спрашивала, не хочет ли Робик добавки, предлагала постирать ему рубашки и заискивающе спрашивала, не останется ли он на ночь.

Невыносимо. Невыносимо было все это слышать. Какое унижение, господи! Вера, Вера! Опомнись! Посмотри на себя! Во что ты превратилась, девочка? Ты вспомни, какой ты была. И все это сотворил с тобой он, этот мерзавец, это ничтожество. Опомнись, Вера, девочка моя! Разве так можно? Что ты присе-

даешь перед ним, что танцуешь? Любовь? Бросьте, не верю! Морок, глубокий обморок, солнечное затмение, беда. Большая беда у нас, Вера!

Спустя много лет вспоминая те месяцы, Вера и сама понимала, что это была не она. Тогда там, в Малаховке, была *другая Вера*.

* * *

Академотпуск заканчивался, надо было срочно придумать, с кем оставить ребенка. Перевестись на вечерний? Но каждый вопрос тянул за собой следующий. Чем оплачивать няню? Обратилась к Томке, к кому же еще. Та с сомнением качала головой — ну о чем ты думала, подруга? Бросай институт и сиди с сыном, какой у тебя выход? Или отдавай в ясли, с этим я помогу.

— Какие ясли, господи? Отдать девятимесячного младенца в ясли? — в отчаянии повторяла Вера.

А через неделю Томка привела тетю Полю. Та сто лет трудилась на рынке уборщицей и личностью была известной, даже знаковой, символом рынка. Баба хорошая, добрая, но несчастная и пьющая.

— Не бойся! — отрезала Томка. — Полька запойная, уходит в штопор раз в четыре месяца, не чаще. И сама честно об этом предупреждает. Я ж говорю тебе — порядочный человек! А за пацаном будет следить четко, как надо! Под мою личную ответственность, поняла?

Вера молчала, как в ступоре. Приехали! Отдать ребенка пьющей рыночной уборщице. Но Томка, как всегда, убедила:

— Ты на учебе полдня, потом домой. Дома баба Лара, присмотрит, если чего. Да и Полька не подведет, поверь, я знаю ее как облупленную.

Делать было нечего — Вера решила попробовать. Поезд ее был семичасовой, до станции рукой подать, четыре минуты, если бегом. А без десяти семь Поля стояла как штык на пороге.

Полдня Вера сходила с ума — как там, что? Не ушла ли Полина?

Прилетела в три, а дома идеальный порядок. Полы вымыты, щи сварены, горячая пшенная каша под подушками в чугунке — преет, как объяснила Полина. Бабушка накормлена и в полном порядке, а Вадик просто счастлив. Чист, сух и сыт и улыбается во весь беззубый рот. Вера, обессилев после всего пережитого, бессильно опустилась на табуретку. Сдвинув брови, Поля сурово отчитывалась:

— Погуляли, покакали, пообедали. Белье постирано и поглажено. Иди проверяй.

Счастливая, Вера отмахнулась: какое «проверяй», какое белье? Похлебала щей, и тут сморило от морозца, сытости и нервов.

— Иди поспи, — скомандовала Поля, — а я еще посижу.

Потом Вера поняла, что домой Поля не торопилась — пьющие сын и сноха, бесконечные скандалы и разборки. И все в одной комнате — сущий ад.

Постепенно Поля вообще перестала уходить к себе, оставалась у них. И это было счастье. Горячие блины на ужин, теплое от глажки, ароматное после морозца белье. Чистота и порядок, накормленный и выгулянный Вадик, довольная бабушка. Поля — спасение, счастье! А что до денег — платили они ей сущие копейки, четверть бабушкиной пенсии. А вот «в дом» Поля возила мешками — то картошки мешок от сестры, то коробку из-под сапог, полную домашних яиц, то курицу, то кусок сала. Готовила она просто и сытно: каша, картошка, пирожки с «таком»: то с повидлом, то с капустой, а то с картошкой с грибами.

Смешно, но Полю Роберт побаивался не меньше бабушки и на глаза ей старался не попадаться. Да и Полина его невзлюбила, при его появлении сурово сдвигала брови и демонстративно уходила из комнаты. «Ларино влияние», — думала Вера.

А как-то Полина и вовсе не выдержала:

— Не мое, конечно, Вера Андреевна, дело. Совсем не мое. Но зря ты так, девка. Зря жизнь свою гробишь! Пустой он, как мой кошель. Зачем он тебе? Сама ж видишь — пирожок ни с чем. А ты красавица, умница. Сына вон ему родила. А он? Пожрать да поваляться приедет, соскребет с тебя последние силы. Глаза-то разуй! — И с тяжелым вздохом добавила: — Обижайся на меня, Верка, не обижайся — дело твое. Но время ты зря свое золотое теряешь. Уж поверь старухе, прожившей жизнь!

Вера смутилась и пробормотала:

— Да, дело, простите, не ваше. Роберт — отец моего ребенка. А трудности у нас временные. Окончит институт, устроится на работу, и все будет нормально. Я все понимаю — сидите тут с бабушкой и мелете языками. Вот она вам всякого и наговорила.

— А что ему сейчас мешает устроиться? — перебила ее тетя Поля и покачала головой, видя, как покраснела Вера.

Та ей ничего не ответила. Да и что тут ответишь.

Взяла еще подработку на кафедре — вошли в ее положение, сказочно повезло. Работа — ерунда, три раза в неделю задержаться на пару часов и привести в порядок бумаги. Деньги смешные, но и эти тридцать рублей были для нее спасением.

Правда, в первую же получку Роб попросил в долг пятнадцать рублей. Вера разозлилась, конечно, и пятнадцать рублей не дала, но десятку дала, хотя и проклинала себя. Роберт, понятно, клялся, что вернет через неделю. Не вернул.

И все же Вера ожила, оттаяла — вернулась к нормальной жизни: стала общаться с людьми, появилось желание одеться, накраситься, выпить чаю в буфете, выкурить сигаретку в курилке, даже забежать на часик в кафе-мороженое с одногруппницами. В ее жизнь вернулось ощущение счастья. Она расцвела, распустила волосы, которые тоже ожили и снова струились блестящей волной. Вера немного поправилась, округлилась — на тети-Полиных-то блинах и пирогах. Но главное — глаза. Они перестали быть мертвыми, пустыми, тревожными, с вечно застывшей тоской.

«Ну вот, — говорила себе Вера. — Я же знала, что все пройдет и настанет нормальная жизнь. Знала и верила».

Но короткая передышка, увы, закончилась. Любимый муж заразил ее, как говорили прежде, «гадкой болезнью» — ох, вспоминать мерзко и стыдно. Начались непонятные боли внизу живота и выделения. К кому бежать? Конечно, к Тамарке. Та выслушала и тут же вынесла вердикт:

— Не, не гинеколог тебе, подруга, нужен, а венеролог! Наградил тебя твой урод. Точно, без вариантов. В очередной раз скажи ему спасибо! Чем? Думаю, трипак. Слышала о таком? Нет? А про гонорею слыхала?

Вера осторожно кивнула:

— Кажется, да.

— Так это одно и то же, глупая. Ох, Верка, — Тамарка смотрела на нее, как на ископаемое, — ну откуда же ты такая? И с мужиком спишь, и ребенка родила, а дура дурой. Кому расскажешь — не поверят.

Вера упрямо качала головой:

— Нет, не верю. В это точно не верю!

— Не веришь? — взбесилась Томка. — Ну не верь, дело твое. Врач есть, не ссы, отправлю. Не пойдешь, стыдно? Тоже дело твое. Перейдет в хронику, заколебешься лечиться. Надо идти, Верка, другого выхода нет. Ничё, там и не такое видали, поверь. И не таких!

К врачу пошла, куда деваться. Сдала мазки, и все Тамаркины предположения, конечно же, подтвердились: венерическое заболевание, заражение половым путем. Ну и «приятные» до боли вопросы: сколько у вас было партнеров, когда был последний половой акт, необходимо привести всех или хотя бы всех оповестить.

Всех оповестить, всех привести? Какой-то бред, ей-богу! То, что сейчас с ней происходит, это вообще не с ней, девочкой из приличной семьи, умницей и красавицей, студенткой и молодой матерью. И еще — верной женой.

— Никаких половых партнеров у меня нет и не было, — отрезала она. — А есть законный муж.

— Ну тогда скажите спасибо ему, — усмехнулась докторша. — Да, и имейте в виду: лечение я вам дам. Только вот, если не пролечится он, снова будут последствия, это вы понимаете?

— Не будет, — отрезала Вера. — Последствий не будет.

По счастью, те две недели, пока Вера лечилась, Роберт не появлялся. А когда появился, было не до него и не до выяснений и разборок, не до чего вообще. Потому что накануне погибла Поля — крепко выпив, попала под электричку. Вот так закончилась спокойная и мирная, размеренная жизнь.

И снова начался кошмар. После Полиной смерти окончательно слегла бабушка. С работы пришлось уйти — как справляться с лежачей старухой и маленьким ребенком? Отдала Вадика в ясли, в институт приезжала на полдня, отсидев на семинарах и проигнорировав лекции, летела в Малаховку.

Роберт приезжал, каялся, валялся в ногах. Перелезал через забор и ночевал в беседке. Дверь в дом она не открывала и видеть его не могла.

Так он мотался два месяца, а потом исчез, как корова языком слизала. «Ну и слава богу, не до него», — решила Вера. Ей было так трудно, что в те дни она о муже и не думала. Столько забот и проблем, только бы справиться, только бы не рухнуть.

Как-то справлялась, а куда деваться? И снова по ночам плакала от усталости и страха, и снова и снова спрашивала: «За что? За что такие испытания?»

Бабушка так ослабла, что практически ничего не ела и почти все время молчала, лишь иногда говорила:

— Устала я, Верушка. Так устала, что ничего не хочу, даже жить.

Невыносимо было видеть бабушкины равнодушные и бесконечно уставшие глаза — она словно прощалась. Вера кормила ее с ложки и отводила взгляд.

Бабушка умерла перед рассветом, в четыре утра, а еще ночью Вера к ней вскакивала с бьющимся сердцем — жива? Потом проснулся сын, Вера его убаюкала и уснула. А утром бабушки уже не было.

Как Роберт узнал о ее смерти? Непонятно. Но похоронами занимался именно он. Вера как будто застыла. Вадима забрала Томка — Вера не реагировала даже на сына — покачиваясь, сидела на бабушкиной кровати и, не включая света, смотрела в стену.

После похорон, которые Вера почти не помнила, Роберт остался у нее.

Окаменевшая, замороженная, вытянувшись в струнку, Вера лежала на кровати и смотрела в потолок. Он лежал рядом, гладил ее по волосам, целовал холодные руки и что-то говорил, говорил...

Вера не слышала, точнее не слушала. Не гнала его по одной причине — ей было все равно. Только мелькнуло, что остаться в пустом, гулком доме страшно. Везде призраки: мама и отец, дед и бабушка. Почему они оставили ее?

Так Роберт остался в Малаховке насовсем. Бабушки, которая его ненавидела, больше не было. Вера по-прежнему почти ни на что не реагировала и жила как во сне. Иногда ей казалось, что, если бы не сын, скорее всего, ее бы уже не было. Материнский инстинкт — самый сильный. Любая мать, в каком бы она ни была состоянии, сползет с кровати, даст лекарство, если он болен. А уж потом снова рухнет без сил.

Вера кое-как сползала с постели, машинально варила кашу или лапшу, стирала белье, меняла постель, одевала Вадика, выходила с ним во двор, садилась на лавочку и смотрела, как он играет в песочнице или ковыляет по саду.

Жила как машина, как поломанный, неживой механизм, иногда вспоминала, что за весь день съела только ложку-другую каши — подъедала за сыном.

Ходила, качаясь. Из института пришло два письма — интересовались, чем занимается студентка Красовская. Вера выбросила их в помойку. Наплевать. Теперь на все наплевать.

Роберт приезжал к вечеру, брал сына, читал ему книжки и укладывал спать. Разговоров с Верой не начинал, спасибо и на этом. Мыл посуду, горой сваленную в раковину, выносил мусор. Приносил незатейливые продукты: хлеб, сыр, молоко, картошку, макароны. Варил себе что-то на ужин, оставлял Вере на плите. Спрашивал, не нужно ли ей что-нибудь.

Вера молча качала головой. Понимала — если бы не Роберт, она бы не справилась. Но ни общаться, ни выяснять отношения не было сил. Пусть все идет так, как идет. В конце концов, он отец их ребенка. Засыпая, Вера слышала, как Роберт читает сыну книжки, и была счастлива, что у ее сына есть отец, значит, он не сирота. Потому что матери у него почти не было.

Засыпала с одной мыслью — лишь бы меня не трогали. Так прошла зима. Вадик подрос, стал бойко бегать и начал понемногу говорить. Первым словом было «папа». Смешно.

А однажды вечером Роберт объявил, что нашел вариант обмена: дом в Малаховке на квартиру в Москве.

— Нормальная двухкомнатная квартира, — не глядя на Веру, смущенно бормотал он. — Я видел, мне понравилась. Метро под боком и магазины рядом, и парк.

— Какие магазины? — сонно переспросила Вера. — Какой парк?

— Мне кажется, — Роберт откашлялся и начал заготовленную речь, — что нам необходимо переехать. И рядом детский сад — хороший, я узнавал. Ты сможешь работать, я тоже буду работать. Вадик станет ходить в детский сад. Это город, Вер, и там будет легче. Все рядом, все под боком — цивилизация. А здесь только проблемы. Дом надо чинить — крышу менять, фундамент. Да ты и сама это знаешь. А деньги? Да и воспоминания, Вера. Тебя это гробит. А там начнется новая жизнь. С чистого листа, набело, Вера. Ты меня слышишь? Так больше продолжаться не может. Тебя же... почти нет. А у нас сын. Семья. Надо выбираться, Верочка. Надо. Иначе никак. А этим обменщикам загород необходим — у них дочка болеет, кажется, легкими. И вообще, Вера. Стараюсь я только для тебя, поверь! Мне-то какой интерес?

Вера молчала, с трудом переваривая его слова. Перебираться? Продать, обменять дом? Уехать отсюда навсегда? Из родового гнезда, любовно построенного дедом? Отдать все это в чужие руки? Дом, сад, беседку? Еще Инночкины качели? Теперь на них качается Вадик. А раньше качалась она. Дед мечтал, что в этом доме проживут все его потомки. С чистого листа, набело? Значит, перечеркнуть все, что было? И это он ей предлагает?

— Ты, Роберт, кажется, спятил, — сухо сказала Вера. — Да, да. Ты рехнулся. Обмен, говоришь? Они согласны? — Вера гомерически расхохоталась. — Им загород необходим? Да наплевать мне на них! Мне на всех наплевать, слышишь? Для меня, говоришь, стараешься? Понимаю. И очень ценю! Только зря, Роберт! Ты зря тратишь силы.

Роберт насупился и обиженно замолчал.

Очередная бессонная ночь, мысли, мысли. А может, он прав? Дом рушится, в него надо вкладываться. Нужны хорошие руки. Да, деньги или руки, по-другому никак. А у них ни того ни другого.

Да, здесь ее жизнь, вся ее жизнь. Но здесь и все ее горестные воспоминания. Сердце болит не переставая. Тяжело. Ей здесь тяжело! И выходит, что Роберт прав? Зачем себя так истязать? Надо бежать. Бежать и забыть, забыть! Забыть навсегда. Начать новую жизнь — да, именно так. Набело, с чистого листа. В конце концов, стены — это не главное. Она должна жить — ради сына и ради себя. Роберт? А при чем здесь он? Он будет рядом? Да пусть, ради бога! Они и так живут как соседи. А без него она пропадет. И Вадик пропадет без него.

Нет, она его не простит. Никогда. Просто так она выживает.

Вере показалось, что стало чуть легче.

Наутро она сказала:

— Я согласна. Когда обмен?

Роберт застыл от удивления — после вчерашнего взрыва негодования никак не ожидал такого поворота.

— Когда? — встрепенувшись, переспросил он. — Да хоть завтра. Они готовы. Только, Вер, — он запнулся, — им надо показать дом. Извини.

И опять Верина реакция его удивила:

— И в чем проблема? Но я на это время уйду.

— Да, да, — поспешно согласился Роберт. — Я тебя понимаю.

Через два месяца оформили документы и переехали в Москву, на Можайку.

Вера стояла у окна восьмого этажа и удивлялась — как непривычно! Внизу копошились и куда-то бежали, как муравьишки, торопливые люди, проезжали машины и виднелись крохотные, как игрушечные, деревца. «Привыкну, — успокаивала Вера саму себя. — Конечно, привыкну! И ничего страшного, правда? Совсем ничего! И вообще все у меня будет хорошо. Ну, по крайней мере, мне так кажется».

Вадик пошел в детский сад. Роберт устроился на работу и исправно приносил зарплату. Вера пыталась восстановиться в институте и устроилась на временную работу нянечкой в сад, куда ходил сын. Квартиру постепенно обживали, Вера почти к ней привыкла. Малаховский дом старалась не вспоминать — больно. И с каждым днем воспоминания становились все больше расплывчатыми, как будто все, что произошло в прошлом, было не с ней.

Однажды Роберт зашел в комнату, где спали Вера с сыном. Осторожно присел на край кровати, взял

Верину руку. Вера дернулась, застыла, но руки не забрала. На следующее утро они проснулись в одной кровати, и впервые за долгое время, проснувшись, Вера улыбнулась самой себе. Она была счастлива.

Это были самые счастливые годы в ее жизни. Да, да, именно так — три года сплошного, безоговорочного счастья! Целых три года! Целых три года у нее был муж, а у ее сына — отец. Целых три года у них была настоящая, полноценная семья. Правда, иногда мерзкая, склизкая, тяжелая жаба давила на грудь: «Веришь? Ты ему веришь? Какая же ты дура, господи! Опомнись, Вера! Горбатого могила исправит». «Нет, нет, — горячилась она. — Роберт изменился. Все-таки люди меняются. Конечно меняются, и под воздействием различных обстоятельств в том числе. Да и опыт — лучший учитель. И потом, люди взрослеют. Начинают ценить то, что имеют или теряют. Словом, приходят в себя. Вот так и у нас — Робка тоже натерпелся. К тому же женился он совсем пацаном, нагуляться не успел, и в этом моя, между прочим, вина».

Вера искренне верила в мужа, как и искренне верила в произошедшие с ним метаморфозы. Теперь у них настоящая крепкая семья, и нет такой силы, чтобы это разрушить.

Правда, с работой у Роберта снова не клеилось. Нет, он старался, но заканчивалось все быстро и — странное дело — всегда одинаково: его увольняли или предлагали уйти по собственному желанию, всего-то через пару месяцев или даже недель.

Но Вера молчала, ни одного попрека. Каждый раз она верила, что вот теперь — надолго, на «постоянно». Теперь все получится. Денег в семье катастрофически не хватало.

Муж горячился, говорил, что страдает и чувствует себя виноватым, громко доказывал ей, что причина не в нем, а в других. Усталая Вера мыла после ужина посуду и слушала его вполуха. В голове, как колесо, крутились одни и те же мысли: как растянуть до аванса последнюю трешку, что приготовить из растаявшего хека, да так, чтобы не очень воняло. Как найти время, чтобы сшить сыну новогодний костюм, выбрать время, чтобы съездить к своим на кладбище, да, пришить пуговицу к старой кофточке, уже две недели никак не соберется — словом, забот и хлопот было по горло.

— Ты меня не слушаешь, — обижался муж.

И Вера принималась оправдываться.

«Странное дело — любовь, — усмехалась она про себя. — Я все время пытаюсь его оправдать. Не обвиняю, не злюсь, не устраиваю скандал, в конце концов, как многие бы сделали на моем месте. Я его жалею — действительно, дура». Нет, раздражение, конечно же, было: живой человек, к тому же усталость давала о себе знать. И злость была — правда, кратковременная, как вспышка. Вера гасила в себе и то и другое. И снова старалась оправдать мужа. И правда — кругом одни идиоты. То заставляли работать в субботу, в законный выходной советского человека, и, разумеется, бесплатно, а на его отказ тут же предлагали написать заявление. То не давали отпуск среди лета, а они собирались в Карелию с его друзьями-байдарочниками, и Вадик так об этом мечтал. То муж игнорировал общие собрания, громко объявляя, что это пустая трата времени.

Нет, он во всем был прав, но однажды Вера робко заметила:

— Мы же живем среди людей, Робка, и надо пытаться приспосабливаться. Иначе никак.

— Соглашаться на этот идиотизм? Идти с ними в ногу на первомайской демонстрации и выкрикивать дурацкие лозунги? Нет уж, уволь! — возмутился и обиделся он.

— А как жить? Ты же не можешь изменить все это... — тихо и растерянно сказала Вера, присаживаясь на край стула.

— И ты туда же, — буркнул обиженный муж.

Два дня не разговаривали. Вернее, не разговаривал Роберт. Потом, конечно, все наладилось. Он извинялся, каялся, говорил, что понимает, как ей тяжело. Обещал с чем-то мириться, что-то не замечать, не реагировать и не связываться с дураками. Клялся, что устроится на работу и вообще будет стараться.

Устроился. И смех и грех — грузчиком в булочную, разгружать контейнеры с хлебом по ночам. Вера не спала, маялась — как он там, среди ночи? Проклинала себя за тот разговор. Роберт приходил утром, валился в кровать, а она, полная чувства вины, готовила ему завтрак.

Видела — устает он страшно, столичный мальчик, не привыкший к физическому труду. Да еще и язва. И сама — сама! — уговорила его оттуда уйти. Сопротивлялся, надо сказать, он недолго.

А в остальном все было прекрасно: зимой они ездили в лес, просто гуляли или катались на лыжах.

Летом за город на речку. Ходили в музеи, в кино. На театры, как правило, денег не было, Вера по-прежнему считала копейки.

Трудно было тогда, очень трудно — работа, хозяйство, магазины с вечными очередями. Стирка, глажка, уборка, готовка — обычные бабьи дела, а сколько требовалось сил! Два раза в неделю Вера училась. Ну и домашние задания.

Но, несмотря на все сложности, она была отчаянно счастлива. Мужа она любила, сына обожала. А к трудностям давно привыкла.

Но как ни гнала от себя воспоминания, как же она скучала по малаховскому дому! Как часто он снился ей — еще тот, прежний, живой, полный народу, звонкого смеха, стука хлопающих дверей, дедушкиного добродушного ворчанья, маминых восторженных и наивных ойканий, бабушкиных покрикиваний и увещеваний. И запахи, запахи — борща с чесноком, теплой сдобы с корицей, флоксов в зеленой прозрачной вазе, свежесваренного клубничного варенья. И фиалковый запах маминых духов — сладковатый, неповторимый.

Запахи и звуки. Звук пилы с соседнего участка, жужжание большущего волосатого шмеля, мерный перестук рельсов, гудок дальнего поезда, солидный и трубный, и шум электрички, и непременное утреннее приветствие почтальона Федулова, тощенького, хроменького старичка, разъезжающего на старом, громоздком дамском черном велосипеде.

Запахи, звуки, цвета... Все было осязаемо и неуловимо, эфемерно и призрачно.

Она тосковало по тому времени, когда все еще были живы и жив был и полон людей любимый дом, и счастливы все, вся их большая и дружная семья. И Вера, хватающая маму за подол шелкового синего, в крупный белый горох платья, с полупрозрачным кружевным изящным воротничком. И руки отца, крепкие, загорелые. И ворчание бабушки, и теплый пирожок с земляникой, и кружка молока на полдник: «Иди, Верушка, поешь!» И сладковатый запах керосинки, совсем не противный, скорее родной. И дым костерка — дед сжигает старье из сарая. А костерок дымит все сильнее, горят старые тряпки, и вонючий дым разносится по участку, а бабушка злится и ругает любимого Даву. И венок из лесных колокольчиков и мелких ромашек, принесенный с прогулки счастливыми родителями и водруженный, как корона, на Верину голову: «Дочь, ты принцесса!» Как она плакала, когда венок увядал! Как не давала рассерженной бабушке выбросить его в ведро. Вспоминала свою тоску по родителям, ноющую, постоянную. То и дело приставала к Ларе:

— Когда? Когда они наконец приедут, когда, ба?

И видела сердитую Лару, которую своим нытьем отрывала от бесконечных хозяйственных дел:

— Не морочь голову. Я почем знаю? Тоже мне, серьезные люди! Одна пыль в голове, о ком говорить?

И глубокое, почти болезненное разочарование, когда вечером в пятницу они не приезжали. Выходит, не приедут на выходные. Как же так? Неужели они не скучают по дочке? И среди ночи тоненький, нежный мамин голос и красивый, густой баритон отца.

И вот разбуженная счастливая Вера в ночнушке и босиком бежит на террасу. Приехали, да! И все, конечно, за круглым столом — вот они, самые любимые: мама, папа, бабушка и дед. Пьют чай и болтают. А про нее забыли.

Вера хочет обидеться, но получается плохо — она уже обнимается с папой и целует мамины чудесные волосы. Ах, как пахнет от мамы! Лучше, чем от цветов и теплых булочек. И несмотря на протесты бабушки, ей разрешают прилечь на маленький жесткий тугой диванчик, стоящий тут же, на террасе. Мама заботливо укрывает Веру дедовым теплым халатом, и она, не выпуская мамину руку, вдыхает знакомый запах табака... Мама целует ее, гладит ее волосы и лоб, снова целует, и Вера, несмотря на огромное желание слушать и слышать их приглушенные, такие интересные, хоть и непонятные разговоры, наконец засыпает. И нет ничего слаще и прекрасней, спокойней и безмятежней ее счастливого, чистого, детского сна.

Дом. Дом, где она была так отчаянно счастлива и так горько несчастна... Семейное гнездо, отчий дом, проданный и преданный ею. Может, потому накатывает такая смертная тоска? Может быть, это и есть расплата за предательство? Как она могла уехать оттуда? Как могла отдать его чужим людям? Как поддалась на уговоры мужа? А Вадик? Он бы рос там, как росла она сама — в собственном дворе, среди своих сосен и яблонь, где у песочницы всегда валялись побледневшие от солнца пластмассовые формочки для куличей.

«Нет, нет, глупости, — останавливала себя Вера. — Робка прав, там нельзя было оставаться. Там пахло бедой. Да и содержать дом, давно обветшавший дом нам не по карману. Нет, все мы сделали правильно, и Робка умница, молодец».

Их последнее совместное лето, конец июля, тоже было прекрасным — в конце июня Вера наконец сдала госы и получила диплом. И ощутила себя самой счастливой на свете — как же она гордилась собой: справилась, окончила институт, получила профессию, родила сына и вернула семью. Вот только муж огорчал — стал нервным, дерганым, чужим, отдалился от них с Вадиком. То и дело заговаривал о том, что перспектив никаких, все плохо и отвратительно, кругом одна ложь и нечего делать вид, что все хорошо. Все это — самообман! Никогда и ничего здесь не будет! Такое глубокое болото, что выбраться из него невозможно.

— Неужели ты не видишь, как нас затягивает? Кого медленнее, а кого быстрее? — кричал он, ходя взад-вперед по комнате, и только ожесточался на ее слабые возражения:

— Ну все же живут, Робка, все как-то устраиваются, приспосабливаются.

— При-спо-са-бли-ва-ются? — по слогам повторял он. — А я не хочу! Не хочу, слышишь? Ни приспосабливаться, ни пристраиваться, ни смириться, как ты предлагаешь. Меня тошнит, понимаешь? От всего, слышишь? От их идеологии, в которую, уверен, они не верят и сами. От их съездов, лозунгов, призывов. От вечной лжи, по-крупному и по пустякам. От пустых полок, от невозможности носить то, что тебе нравится. От их колбасы из бумаги. От их бравурных маршей и красных полотнищ. От трупа вождя, который смердит. От их маразма и старческих брыл. Но главное — несвобода! Я не свободен, Вера! Ты понимаешь? Это тупик!

— Какой свободы тебе не хватает? — начинала раздражаться Вера.

Он окидывал ее презрительным взглядом и демонически хохотал:

— А, ну раз вам, милейшая, это требуется объяснять, то говорить мне с вами больше не о чем, извините.

— Прекращай паясничать, — устало отвечала Вера. — Хватит цирка, ей-богу.

Это повторялось почти каждый вечер. Вере безумно хотелось спать, а тут политические дискуссии, декларации, громкое возмущение. Вера умоляла Роберта говорить потише — слышимость в доме была прекрасной. На это он отвечал:

— Не хочешь слушать? Правда глаза колет?

Вера начинала плакать, а он хлопал дверью и уходил.

Вера действительно боялась за него: статью за тунеядство еще никто не отменял. Правда, Томка опять выручила, оформила нерадивого муженька подсобным рабочим к себе в магазин.

Томка приезжала в Москву пару раз в год, и они с Верой шли «посидеть» в хороший, известный ресторан, например, в «Арагви» или «Прагу». Томку там знали, и проходили они беспрепятственно. Важный швейцар в золотых галунах распахивал перед ними двери. Вера стеснялась непривычной роскоши и страшно робела из-за своего скромного, почти нищенского наряда, хрустального, слепящего глаза блеска люстр, тугих, белоснежных, накрахмаленных скатертей, услужливо склоненных официантов, подливающих ей вино.

В этих богатых интерьерах она особенно остро чувствовала себя нищенкой, Золушкой, самозванкой, попавшей сюда случайно, — не дай бог, распознают и выгонят. А вот Томка вела себя как рыба в воде: поджарая, сухая, с прекрасной стрижкой и маникюром, в дорогих импортных шмотках и обуви, в бриллиантах и золоте. Держалась небрежно, ела мало и только самые деликатесы — черную икру, крабы под майонезом, осетрину. А голодная Вера мела все подряд — салат столичный, лангет, мороженое. Неужели есть люди, которые едят все это чаще чем два раза в год?

Исподволь разглядывая ее, Томка вздыхала:

— Ох, Верка! Ну что ты нашла в этом... своем? Ну чем он тебя зацепил, а? Нет, ты скажи, подруга! Вот честно — не понимаю, но очень хочу понять, честно! Ну во всем же никчемный! Прости, Вер! Ох, не сошлась бы ты с ним после смерти баб Лары, сейчас бы наверняка была в шоколаде.

Вера старалась не обижаться и отмахивалась:

— Не понимаешь? Все ясно, ты не любила, — пыталась отшутиться она.

— Любила — не любила, — не поддерживала шутки Тамара. — Да при чем тут это? Жизнь надо строить, понимаешь? Мужик должен эту жизнь если не украшать, то уж точно облегчать, понимаешь? А твой? Он же, — Тамара пощелкала сухими, увешанными кольцами пальцами, подыскивая слова помягче, — он же хомут на твоей шее. Цепи пудовые. Виселица, Верк! А ты? Ты же красавица, умница! Трудяга такая!

Вера смеялась и предлагала закончить разговор. Обсуждать свою семейную жизнь ей не хотелось.

Своими делами Тамара делилась с большим удовольствием. Жила она теперь с горячим кавказским парнем по имени Гоча. Понятно, что занимался этот Гоча не пойми чем: игрок, картежник, катала. А еще фарцовщик и отчаянный гуляка. Красавец. Тамарка сгорала от страсти. Говорила, что все понимает, любовник ее — ничтожество, вытягивает из нее деньги, пропадает неделями, она для него — кошелек и временное пристанище. Но ее так тянет к нему, что ничего поделать она не может, да и не хочет — зачем? Все у нее есть и всего вдоволь. В то время Томка открыла еще и антикварный. Бабульки со всех окрестностей несли ей свой хлам. Иногда попадались и ценные вещи: фарфоровые статуэтки, серебряные сахарницы, подсвечники и что-то из ювелирки. Дом — полная чаша; машина, работа. Тряпок и обуви целая комната, цацок — увешайся. Кабаки, курорты — всего и по горло. А вот любви нет, это да. Да и вряд ли будет — с Тамаркиным-то жизненным опытом! А вот секс — это да! И отказываться от этого она не собирается!

Вера слушала молча, опустив глаза от неловкости. Томка часто теребила ее:

— А как у вас с этим делом?

Видимо, пыталась понять — не это ли так привязало и так держит ее скрытную и скромную подругу? Конечно же, от подобных разговоров Вера уходила. Но задумывалась: «А действительно — как? Кажется, ничего особенного, ничего такого, от чего, как говорит Томка, едет крыша». И тут же себя останавливала — как будто ей есть с чем сравнить! Будто у нее такой же богатый опыт, как у Тамарки! Да, ничего такого, чтобы сойти с ума. Нежность — да. Но еще и печаль... А может быть, жалость? Только к кому — к себе самой или к мужу?

Может, это и есть любовь?

* * *

В конце июля Роберт впервые заговорил об отъезде. Да, да, об отъезде. Куда? Да куда угодно, лишь бы сбежать отсюда, из этого вязкого и топкого болота, от этой бесконечной лжи и абсолютной бесперспективности.

Вера поначалу рассмеялась:

— Ты серьезно? Кажется, сегодня не первое апреля! — Позже, когда поняла, что муж не шутит, расплакалась: — Зачем, куда? Здесь наша родина, какая ни есть. Язык. Дом. Привычки. Чужбина? Кому, скажи, она стала матерью? Вспомни русскую эмиграцию: поэтов, писателей, художников — тоска по родине, по родным берегам. Никто, слышишь, никто не обрел там душевного покоя! Быт, говоришь? Тряпки и колбаса? Да, согласна. Но быт и родина — несопоставимые вещи, слышишь? Лично для меня несопоставимые — извини.

Разговоры эти, ставшие ежедневными и бесконечными, выматывали и опустошали ее.

Приближался давно ожидаемый отпуск, и она предложила:

— Давай поговорим после, а? Я очень устала, тяжеленный год, Роб, сам знаешь. Дай мне обдумать, пережить эту мысль. Дай, в конце концов, с ней свыкнуться.

Согласился. Вера надеялась, что вдруг рассосется. Знала ведь мужа как облупленного: идей миллион, планов громадье. А на деле... Мыльный пузырь. Ничего на деле, вот что! Очень хотелось задать один вопрос: а там, за границей? Там не надо пахать и кормить семью? Только там, как она слышала, все гораздо сложнее. Это здесь, на родной земле, рай для бездельников — с голоду не сдохнешь, из квартиры не выгонят. Но ничего не сказала. Понимала, что Роберт трусоват. Решиться на такое? Нет, вряд ли. Запал, как обычно, пройдет, и он испугается, как всегда. Знала, что он боится ответственности, принятия решения, глобальных перемен. Это вам не шляться по якобы диссидентским компаниям и молоть языками на чужих кухнях. Это — воля и решение, это поступок. А на поступок он, ее любимый, не очень способен.

Муж уступил — все после отпуска.

В тот год в отпуск отправились под Кимры, в глухую деревню — на моря и курорты денег не было. Вера с тоской вспоминала прошлый год, Коктебель, море и горы. Счастье! Ну и правильно, что решилась тогда продать последнее из прошлой жизни, те золотые часы, с трудом уцелевшие в трудные годы. Но больше продать было нечего... А Вадик, с надеждой заглядывая ей в глаза, спрашивал:

— Мам, а в этом году мы поедем на море?

Вера вздыхала и отводила глаза. А Роберт делал вид, что не слышит.

В деревне Веру поразила красота девственных мест — озеро, лес, грибы, ягоды. Маленькая кособокая избушка на берегу, сказочная, невероятная.

Старушка хозяйка тетя Фима — крошечная, согбенная, но все еще крепенькая, тянула и огород, и скотину. Из скотины — древняя, как сама хозяйка, корова Паша и жалкая кучка драных и старых, давно бесполезных кур. Паша давала понемногу молока, куры неохотно и редко, словно делая одолжение, иногда несли яйца, и добрая Фима отдавала их «мальцу» на завтрак. На огороде поспевали огурцы, репка и чеснок с картошкой.

Вера с Робертом привезли подкопленные за год запасы — два батона полусухой колбасы, килограмм сыра, банок десять консервов. Были еще молоко, сметана, голубоватый творог из-под Паши, яйца, овощи с огорода. Рыбаки продавали приезжим рыбу — карасей, плотву, пескарей. А в лесу были грибы — такого количества Вера никогда больше не видела. Что называется, косили косой. Варили густой грибной суп, жарили грибы на чугунной сковороде, со сметаной, сушили в крошечной баньке за домом.

Вадик объедался яблоками, поздней мелкой клубникой, лесной малиной и темными, чернильными и терпкими сливами — терном.

Бегал он босиком, наравне с деревенскими детьми, по колено в мелкой и теплой пыли, с вечно черными руками и грязным лицом. Поначалу Вера охала, пыталась умыть сына, переодеть в чистое, но потом поняла — бесполезно, и махнула рукой.

И странное дело: немытые яблоки Вадик ел немытыми же руками, откусывал со всей ребятней по очереди от батона, пил большими глотками колодезную, ломящую зубы воду — и ничего! Ни поноса, ни температуры! Чудеса.

На запретную тему Вера с Робертом не говорили, был уговор. Она с опаской и тревогой поглядывала на мужа — переключился, забыл, оставил эти ужасные мысли? Непонятно. Иногда ей казалось, что да. А иногда при виде его застывшего, отрешенного взгляда падало сердце — выходит, что нет, не забыл и не передумал.

Отношения у них в этот месяц были нежные, с едва заметным оттенком грусти и какой-то незнакомой печали. Ночью лежали обнявшись, без сна. И каждый думал о своем.

Вера молилась, чтобы Роберт оставил свои дурацкие мысли и пришел в себя. И самое смешное, свято верила, что так и будет. И все же дурное предчувствие было. Было. Просыпалась среди ночи от бешеных толчков в сердце и долго, тяжело приходила в себя.

Отпуск заканчивался, они засобирались домой. Вера, загоревшая до черноты, с обветренным и помолодевшим лицом, на котором сверкали яркие молодые глаза, засматривалась на себя в зеркало. Как все, оказывается, просто! Просто перерыв, перекур, небольшой — всего-то две недели! — и она уже похожа на человека. Да ладно, хватит кокетничать. Она красивая, молодая женщина, еще — ого-го!

Интересно, а Роберт это замечает?

Но муж, казалось, окончательно ушел в себя, стал еще более замкнут, молчалив и раздражен.

И Вера окончательно поняла, что дома предстоит тяжелый и трудный разговор. Муж ждет ее решения. Только решения у нее не было. Точнее — ее решение не совпадает с его. Но это же не повод для того, чтобы расстаться, верно? У них же семья?

Разговор состоялся сразу по возвращении.

Уставшая, падающая с ног Вера разбирала чемодан и мечтала об одном — поскорее бухнуться в кровать.

В квартире пахло сухими грибами, они лежали везде: на подоконнике, кухонной поверхности, в шкафчике над плитой.

Роберт огорошил вопросом:

— Ну, Вера, время пришло. Что ты решила?

Она застыла, не сразу обернулась к нему. Сердце билось как бешеное.

Наконец обернулась:

— Роб... — пролепетала Вера еле слышно. — Я... не могу, понимаешь? Здесь — все. Здесь — могилы...

— Могилы? — взвился он. — А, ну да! Конечно, могилы. Мы будем думать о мертвецах, верно, Вера? О тех, кто давно — прости — сгнил. О них, а не о себе и о нашем сыне. Не о его будущем, правда?

Вера окаменела: «мертвецы», «сгнили». Как он сказал? Эти слова гулко стучали у нее в голове.

Она с трудом нашла в себе силы заговорить:

— Нет, о них думать не будем. Ты прав. Уж ты — определенно не будешь! И о матери своей не будешь, верно? Кстати, о живой! Ты подумай о себе, Роб. Очень тебе советую. Просто настоятельно рекомендую. Подумай о себе, да. О том, какое ты... ничтожество. Ты и здесь-то, на родных полянах, не мог семью прокормить, всю жизнь виновных искал. А там? Не боишься? Не страшно тебе? Кем ты будешь там? Ты ж у нас слишком гордый, чтобы дворы подметать или посуду мыть в ресторане. Это ж не для тебя, верно? Ты же у нас интеллектуал, эрудит! Диссидент, можно сказать! Выходит, опять я? Я, рабочая лошадь? Опять я, и опять все на мне?

Роберт молчал.

— Нет, Роб, нет, — продолжила она. — На такие эксперименты я не готова, прости. Был бы у меня другой мужчина, я бы подумала. А с тобой — нет, извини! У меня ведь сын, Роберт, если ты не забыл. И им рисковать я права не имею. Отъезд тебе подпишу, не волнуйся. Алименты мне не нужны, все равно — она усмехнулась — ты денег в дом не приносишь. Но мы с тобой не поедем, Роб. И это мое последнее слово.

Он долго молчал. А потом тихо сказал:

— Твое решение, Вера. — И молча вышел из кухни.

А она, плюхнувшись на стул и закрыв лицо руками, в голос разрыдалась, не боясь разбудить уснувшего сына, не боясь тонких стенок с соседями. Не боясь и не стесняясь ничего. Потому что ей было уже все равно.

Муж так и не подошел к ней. А она, идиотка, ждала. Ждала, что обнимет ее, успокоит, скажет: «Да и черт с ней, с этой заграницей, Верка! И с этой эмиграцией. Главное — мы вместе, правда? Мы втроем — ты, я и наш сын. Куда ж я без вас? И разве это будет жизнь, правда?»

Вера ушла спать в комнату сына, пристроившись у него под бочком. Уснула, как ни странно, сразу —

такая усталость, такой кошмарный стресс, такая дорога. А перед тем как провалиться в сон, еще раз успела подумать: «Ничего, все пройдет, и никуда он не поедет. Как он без нас?»

У Веры началась трудовая неделя, Вадик пошел в подготовительную группу в детский сад. На следующий год предстояла школа.

Уходила она рано, муж еще спал. Приходила поздно, валилась с ног — по дороге с работы успевала в магазин, где приходилось отстаивать очереди, дальше давка в автобусе, потом в сад за сыном.

Пару раз, забираясь в автобус по скользким ступеням и боясь упасть, после «удачного улова» в магазине, вырывалась растерзанная, растрепанная, с очередным куском серой колбасы, думала: «А может, он прав? Может, рвануть? В конце концов, что я здесь теряю, что оставляю? Этих замученных и озлобленных людей? Это вечное хамство? Нищету? И еще — беспросветность?»

Роберта по вечерам дома не было — где он пропадал, ей было неведомо, они не разговаривали. Приходил он поздно, почти каждый раз подшофе. Вера уже лежала в кровати, конечно же, не спала — прислушивалась, ждала. Слышала, как он копается в холодильнике, гремит посудой, как роняет ложку или вилку. Вздрагивала, дергалась, покрывалась холодным потом. И ждала скандала.

Но скандала не было. Отгремев посудой, Роберт уходил в их комнату. Вера же по-прежнему спала в комнате сына.

В пятницу — Вера отчетливо помнила этот день —

она заболела. Уже накануне почувствовала легкое недомогание. Да и что удивительного: поздняя осень, конец октября, все вокруг, и на работе, и в общественном транспорте, чихали и сморкались. Наверняка заразилась. Но в пятницу к обеду ей стало совсем лихо — пошла в медпункт, померила температуру: под тридцать девять, ого! Доковыляла до автобусной остановки — на такси, разумеется, денег не было. В полубреду добралась до дома, мечтая об одном — рухнуть в кровать. «Только бы Роб был дома, — молилась она, — чтобы забрать Вадимку из сада, сама не доползу». Стояла на дрожащих ногах и все не могла попасть ключом в замочную скважину. Да что такое, господи! Ну как назло! Впрочем, замок давно заедал. Сколько раз просила, чтобы муж починил или хотя бы вызвал слесаря из жэка.

Вера все тыкала ключом, дергала дверную ручку. Черт, не получалось! Ну как всегда все вовремя!

Так часто бывает — серьезное, страшное, невозможное человек выдерживает, а на пустячном, копеечном, ломается. Кончаются силы. Вера опустилась на корточки и дала волю слезам. Ну почему ей так не везет, почему? Даже поболеть нормально не может! А тут еще все остальное. Сообразила позвонить в дверь соседки — если та дома, от нее можно позвонить в жэк и вызвать слесаря. Ткнула пальцем в звонок. Соседка открыла. Ура! Вера почти сползала по дверному косяку.

Соседка довольна не была, но куда денешься? Не оставлять же еле живого человека на лестничной клетке. Вера зашла в прихожую и потянулась к телефону. В этот момент услышала невнятные звуки на лестнице. Раскрыла дверь — и все поняла. Из двери ее квартиры спешно, боком, по-воровски, выскочила женщина в светлой шубе. Выскочила и бросилась вниз по лестнице.

Дверь захлопнулась.

Вера вышла в общий коридор, нажала на кнопку звонка и, не отпуская пальца с кнопки, второй рукой забарабанила в дверь.

— Роберт, открой! Открой, слышишь? Я знаю, ты дома. Открой, или я упаду.

Изумленная соседка стояла в проеме своей квартиры и хлопала выпученными глазами.

Верина дверь осторожно открылась, она шагнула в свою квартиру.

Перед тем как закрыть свою дверь, обернулась к обалдевшей соседке и грубо сказала:

— Дверь закрой, концерт окончен. Финита ля комедия.

Села на табуретку, с трудом скинула сапоги и вдруг рассмеялась.

— Финита ля комедия, — хрипло повторила она. — Концерт закончен.

В тот день она Роберта выгнала. Навсегда. И впервые была уверена, что это конец, больше они не сойдутся. Никогда и ни за что — она так решила. Он приходил еще много раз, молил о прощении, клялся, что этого больше не повторится. Объяснял, что был страшно расстроен, подавлен и даже убит — Вера отказалась разделить с ним его планы на отъезд. Говорил про свою депрессию, снова плакал и пытался целовать ей руки.

Но Вера была непреклонна — люди, подобные ей, готовы терпеть многое, почти все, и терпеть беско-

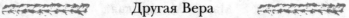

нечно долго. Но когда-то приходит конец и их безграничному терпению. И вот тогда этих людей не сдвинуть, не уговорить, не переломить. Тогда они, казалось бы слабые духом, становятся скалами, алмазами необычайной прочности.

Спустя месяц Вера подала на развод. Но и тут не прошло все гладко. Роберт умолял ее не выгонять его — жить ему было негде, вернуться к матери оказалось невозможно, та привела очередного гражданского мужа. Как троим взрослым жить в тринадцатиметровой комнате? Снять угол он не мог, денег у него не было. Пару недель пошатался по друзьям-товарищам, три ночи ночевал на вокзале и в конце концов нарисовался на пороге бывшего семейного дома.

Смотрел глазами побитой собаки:

— Вера, пусти!

Вера чуть не задохнулась от возмущения:

— Да как же так можно? Каким словом можно назвать то, о чем ты просишь? И это после всего?

Но все же пустила. Пожалела. В конце концов, он отец ее ребенка а ей, выходит, родственник. Да и столько пройдено вместе... Выгнать его и забыть? Она так не может. Значит, поживут как соседи. Ну не такая же она сволочь, чтобы выгнать человека в никуда!

Бросила на кровать смену белья и коротко кивнула:

— Располагайся. Но имей в виду — ни семейных ужинов и завтраков, ни посиделок у телевизора, ни всего остального не будет. И даже не думай, слышишь? Одна попытка, и ты отсюда уйдешь!

— Да, Вера. Я понял.

По счастью, Роберт в их квартире почти не появлялся. Да и Веру ноги туда не несли. Подходя к дому, задирала голову — если в окнах было темно, облегченно выдыхала и спокойно входила в подъезд. Сына отдала на пятидневку, иначе не справиться.

Он держал слово — ни разу не подсел с ними ужинать, в субботу утром старался поскорее исчезнуть из дома, сам стирал белье, варил макароны, заправлял их томатной пастой и ел в одиночку.

При всей Вериной обиде, даже ненависти к нему, сердце заходилось от жалости: поношенный, как старый ботинок, полуголодный — а это читалось по глазам, — в мятых брюках, в рубашке с потертыми обшлагами, нестриженый и плохо выбритый, Роберт казался таким несчастным!

Но чтобы сойтись? Нет и нет. Обида ее была так глубока и так свежа, сердце так саднило и ныло, что, казалось, она от этого не избавится никогда. Эта кровоточащая рана никогда не засохнет, не зарастет струпом, не перейдет в бледно-розовый шрам.

Забыть это нельзя, невозможно.

Совместное проживание тяготило все больше и больше.

Правда, Вадик ждал отца, скучал по нему, терся у двери в ожидании его и никак не укладывался в кровать. Вера не спала ночами, обдумывая, как побыстрее завязать со всем этим. Как выгнать Роберта и сделать это по-человечески? Сколько можно рвать свое сердце? Но в голову ничего путного не приходило, разве что собрать чемодан и поставить его у порога. Это, наверное, будет единственно правильным решением. Пора все же подумать о себе.

Собрала, поставила. Думала: «Переживу этот вечер, и жизнь наладится, пойдет своим чередом».

Но ни этим вечером, ни следующим Роберт домой не пришел.

Явился он через дней десять, когда Вера уже не на шутку забеспокоилась — пропал человек!

Вера уже легла, Вадик спал, когда почти неслышно заворочался ключ в двери. Вера привстала и напряженно прислушалась: слава богу, живой. Легла на спину, уставилась глазами в потолок. И почему сердце бьется, как пойманная рыба?

В дверь осторожно постучали. Вера натянула одеяло до подбородка:

— Войди.

Роберт заглянул в комнату, деликатно покашливая, тихо сказал:

— Спасибо, Верушка! Ты как почувствовала!

— За что спасибо? — хрипло спросила Вера.

— За чемодан, — он усмехнулся. — Освободила меня от крайне неприятного занятия. Я ухожу, Верочка. Освобождаю тебя. Спасибо, что так долго терпела. До конца жизни, до последней минуты этого не забуду! Не выгнала, а имела полное моральное право. Да и не заслужил я другого. Я... ну в общем... устроился. Еще раз спасибо за твое долготерпение! Ну и вообще за все.

— На здоровье, — еле выпихнула она из себя. — Я за тебя очень рада.

— Спокойной ночи. — Роберт аккуратно прикрыл дверь.

Через пару минут раздался стук входной двери.

Вера откинулась на подушку и закрыла глаза. Ну вот, теперь все. Она это не просто чувствует — она это знает. Все, конец. Слава богу! Но почему так больно? И так страшно?

Ее колотило, как при высокой температуре.

И еще — в ту ночь Вера исчезла. Вернее, исчезла *та* Вера — наивная, полная надежд. Теперь это была *другая Вера*. Вера, свободная от иллюзий.

Была она хуже, лучше — кто знает. Но точно *другая*.

Кстати, позже узнала — Красовский сошелся с женщиной, которая — вот уж свезло! — ждала документов на выезд из СССР. Как говорили тогда, «была в подаче».

Вот вам и фиктивный брак, о котором так мечтал везунчик Красовский.

Перед отъездом он заявился к Вере. Дрожащими руками вытащил из портфеля бумаги на разрешение — оставался сын, и требовалось выплатить алименты на годы вперед, до его совершеннолетия.

Вера сидела за кухонным столом и внимательно разглядывала бывшего мужа. В голове билось одно: «Жалок, как же он жалок! Жалок, но мне его уже совсем не жалко — вот парадокс!»

Он мялся, жался, ждал, услужливо предлагал ей ручку, а она по-прежнему молчала.

Наконец он не выдержал:

— А, Вера! Я понял! — И начал шарить по карманам.

Вытащил какой-то смятый кулек: газета, еще газета, салфетка. Наконец достал серьги, которые важно и аккуратно положил перед Верой.

— Что это? — вздрогнула она, с ужасом разглядывая небольшие золотые серьги с маленькими бриллиантиками.

— Это в счет алиментов, Вера, — с вызовом ответил бывший муж. — Денег у меня нет, ты знаешь. Это все, что я могу тебе предложить.

— Откуда они у тебя? — полушепотом, мертвая от ужаса, спросила Вера.

Красовский театрально усмехнулся:

— Зина дала, моя жена. Чтобы ты не чинила препятствий.

— Убери их немедленно! — крикнула Вера. — И катись отсюда, слышишь! Чтобы духу твоего здесь не было, мразь!

Рука ходила ходуном, но кое-как она подписала разрешение и отказ от алиментов.

— Исчезни, — бросила она, не поднимая на него глаз.

Через секунду хлопнула входная дверь.

Доходили слухи, что с той самой бедной Зиной Роберт не ужился — кажется, она его выгнала, а может быть, он ушел сам.

Вроде бы пару лет слонялся по Нью-Йорку, нигде не мог пристроиться, затем перебрался в Канаду, но и там, как всегда, не сложилось. Впрочем, ничего удивительного в этом Вера не видела. Все предсказуемо. Лет через семь или восемь Красовский оказался в Москве. Жил где-то на Самотеке, с довольно пожилой и некрасивой врачихой, которая его усердно лечила и обихаживала. И скорее всего, жил за ее счет. Вера была уже замужем за Стрельцовым. А спустя еще несколько лет он снова появился в их жизни, точнее в жизни Вадима. Встречались они нечасто, пару раз в год, но во встречах сын ему не отказывал — кажется, просто жалел. И почти ничего о нем не рассказывал. И без того скупой на слова, сын совсем ничем не делился — а уж впечатлениями об отце тем более!

Позванивал он и Вере — так, по-родственному. Жаловался на здоровье и горячо благодарил за сына. Вера усмехалась и старалась побыстрее свернуть разговор. Появление в их жизни Красовского Стрельцовы пережили мужественно, спасибо Геночке — не дал ей, обиженной, выдать всю правду о Красовском. Зачем травмировать сына?

* * *

После того как Вера вышла замуж за Стрельцова, общение с Томкой постепенно сошло на нет. Почему? Вера сто раз задавала себе этот вопрос. Ответ вроде бы был очевиден, но внутри себя Вера отчаянно сопротивлялась и не желала с этим смириться. Тамара привыкла быть утешительницей, наставницей наивной и неловкой подруге. Вечной благодетельницей, разумной и ушлой, прекрасно знающей жизнь, обладающей острым чутьем и отменным нюхом, что не отменяло и ее роковых ошибок. Для Веры, нищей, несчастной, вечно униженной и страдающей, Тамара всегда была доброй феей.

И тут такое! Вера выходит замуж, да как! За обожающего ее красавца, принявшего ее сына как родного. Вера разбогатела. Нет, все по заслугам, кто говорит! Но роль утешительницы, покровительницы и благодетельницы отменялась. А Тамара вжилась в нее так глубоко, что амплуа менять было сложно. Она поскучнела, помрачнела и постепенно отошла в сторону.

К тому же и личная жизнь, и бизнес у Тамарки тогда были не «ах». Замуж она так и не вышла, ряд любовников с годами поредел, комиссионный магазинчик доходов не приносил, страну наводнили заграничные шмотки, и слова «дефицит» и «достать» исчезли из обихода. Да и антикварный затух. Все, что было, бабульки к Тамарке уже отнесли.

Она растерялась — что делать, куда бежать? Дети выросли и давно жили своей жизнью, не подпуская близко энергичную и деятельную, вечно сующую нос в их дела мамашу. Да и неудачными оказались Тамаркины дети — бездельники и разгильдяи. А скоро перестроили рынок, Томкины магазинчики сломали, и она, привыкшая бежать, устраивать, решать проблемы, рисковать и крутиться, оказалась не у дел. И начала выпивать, становясь агрессивной и нетерпимой. Новую жизнь ненавидела и проклинала, а прежнюю считала правильной и справедливой, горюя по ней и заливаясь пьяными слезами по родному «совку».

Вера вступала с ней в спор, начиналась ругань, заканчивающаяся Тамаркиными истериками и Вериным сожалением.

Завидовала ли Томка Вере? Да вряд ли. Верить в это совсем не хотелось. Ах, если бы у Томки все сложилось по-другому! Но было так, как было: сломанная, одинокая и обедневшая Томка, бывшая королева и хозяйка жизни, и роскошная, богатая Вера, у которой ну все хорошо. Скорее всего, никто бы не смог пережить такое спокойно.

Да и Генаша был недоволен этой дружбой. Но и его можно понять. Прийти с работы и увидеть пьяную, скандалящую подругу жены? Нет уж, увольте! Да и вообще им с Верой никто не нужен.

Так Томка с Верой почти перестали видеться, созванивались редко, пару раз в год, причем инициатором звонков была Вера.

В общем, многолетняя дружба сошла на нет. Но однажды Тамара сама позвонила Вере.

Стрельцовы тогда отдыхали в Мексике, слышно было плохо, Вера ничего не понимала, переспрашивала и повторяла, что в Москве она будет через две недели, вот тогда и можно будет созвониться. Но неожиданно, именно в эту минуту, связь восстановилась и Вера отчетливо услышала Тамарины слова:

— Через две недели? Да вряд ли. Через две недели меня уже может не быть.

Связь прервалась, и до ошарашенной Веры наконец все дошло. Тамара серьезно больна. Дела совсем плохи. Иначе ни за что бы не позвонила, по пустяку не побеспокоила бы.

Вечером все прояснилось. Онкология. Кошмар. Прогноз неутешительный, шансов мало. Но все же они есть.

В тот же день Стрельцов перевел нужную сумму, а через неделю Тамара улетела в Израиль. Еще через несколько дней ей сделали операцию. И Тамара осталась жива.

По приезде в Москву Стрельцовы оплатили реабилитацию, подключили лучших специалистов. Словом, все кончилось хорошо.

Тамарка плакала, пыталась целовать Верины руки, стала верующей, начала ходить в храм и ездить по монастырям.

Они вновь стали общаться, но каждый раз обе чувствовали непонятную неловкость. Тамара принималась Веру благодарить, а та, уставшая от благодарностей, начинала раздражаться.

В общем, при самом благоприятном разрешении ситуации прежней теплоты и доверительности не случилось. Общение было немного тягостным, словно по обязанности, по принуждению, и для одной, и для другой. Странно, не правда ли? Казалось бы, горе должно было их сплотить и приблизить друг к другу...

Или они стали другими? И Тамара, и Вера?

Но на свадьбу сына Вера, конечно же, ее пригласила. А как иначе?

* * *

Ехали долго, то и дело застревая в пробках. Вера начинала дремать, но тут же сон сбрасывала — нельзя. Помнится прическа, поплывет косметика. Да и вообще, как говорится, не до сна.

Смотрела в окно. В машине было прохладно: климат-контроль. Обманчиво казалось, что и на улице свежо и прохладно. Вера с раздражением подумала: «Зачем мы все это придумали? Нет, конечно, красиво — торжество за городом, на природе, так сейчас модно. И все-таки глупость. Такие пробки на выходные. Все едут или за город, или обратно. В городе летом, в жару, невыносимо. И все же торжество надо было устраивать в городе, в центре. Просто подумать о гостях — это им, бедолагам, добираться туда и обратно! Молодым легче — они ночуют в загородном отеле. Ночь новобрачных. Смешно. — Вера усмехнулась. — Ну да, первая брачная ночь».

Вадиму за тридцать, совсем взрослый. Да и невеста немолода — двадцать восемь, вполне зрелый возраст. И к чему эти первые брачные ночи? Насмешка, ей-богу. Этот дорогущий элитный ресторан, куча важных гостей и прочий бессмысленный антураж, прихваченный у Запада: вечерние платья, дурацкие шляпки. Взрослые люди играют в игрушки. Вечно хватают то, что не надо. «Волнуюсь, — подумала Вера, — вот и лезет всякое в голову. Сама закатила пир на весь мир, сама все придумала и распланировала, сама отрывалась на полную катушку, а сейчас, за час до торжества, засомневалась! — И тут же отругала себя за брюзжание: — Раньше надо было думать, матушка. И слушать умного мужа! С другой стороны, Вадим человек обеспеченный, топ-менеджер с прекрасной зарплатой. И это его первая свадьба. И мы люди вполне состоятельные. Да и у Лидии это первый брак. Но, кажется, для простой провинциальной девицы все это слишком. С другой стороны, сын любит свою невесту и от всей души хочет ее порадовать. Ну пусть Золушка побудет принцессой».

Подумала про Лидию и загрустила. Нет, не наш она человек. И дело совсем не в том, что она из провинции. И даже не в том, что она сухая и необщительная, — Вера и сама не из хохотушек. Дело в другом — невеста сына не стремится найти с его родителями общий язык. Считает, что это лишнее. Они с Вадимом сами по себе, а Стрельцовы — сами. Не получится у них семьи, той дружной семьи, о которой Вера мечтала. А потом, это «Лидия». Как официально! Назвалась бы еще по имени-отчеству. Могла ведь представиться Лидой, и сразу бы стало теплей.

А может, все это комплексы? Она понимает ведь, чувствует, что родители жениха ей не рады. Понимает, наверняка понимает, что ждали мы другого.

«Ладно, как есть, — вздохнула Вера. — И все-таки жаль. Очень жаль».

Как она мечтала, чтобы Вадик женился. Ночами не спала, грезила о внуках. И вот наконец дождалась. А радости нет. Ревнует ли она? Да глупости! Это вообще не про нее. Выходит, все дело в Лидии?

А может, та права и не нужно никаких жарких объятий?

Подступили слезы, Вера отвернулась к окну.

Геннадий Павлович закрыл глаза и, кажется, задремал.

Вера глянула на часы — ого, почти два часа в дороге! Но уже осталось немного.

Открыла сумочку, вынула зеркало, помаду, румяна, внимательно оглядела себя, провела спонжиком по лицу, накрасила губы, поправила волосы. Еще раз придирчиво посмотрела в зеркало и, кажется, осталась довольна.

Одернула платье, сунула ноги в туфли и снова глянула в окно. Машина, замедлив ход, плавно въехала в открытые чугунные, украшенные богатой резьбой ворота бывшей усадьбы.

Шины мягко шуршали по мелкому гравию, по обеим сторонам дороги стояли стройные туи и кипарисы, у подножия которых пылали тщательно продуманные яркие клумбы с цветами.

Наконец показалась и сама усадьба — классический ампир, желто-белая штукатурка, белые колоны полукругом, портик, два хозяйственных флигеля по бокам. Восстановленный парковый ансамбль, чисто, как в операционной: ни травинки, ни листика.

В отдалении, фоном, ненавязчиво играет скрипка, и ей вторит виолончель.

На изумрудной поляне, выстриженной, кажется, маникюрными ножницами и по линейке, небольшими группками кучковались гости. Все в нарядных, праздничных одеждах — темные смокинги на мужчинах и вечерние туалеты на дамах. Ну и, конечно же, шляпки! Куда же без них! «Просто королевские скачки, ни больше ни меньше», — усмехнулась Вера. Ловкие официанты, все как один похожие на майских жуков, ловко оббегали большие вазоны с цветами и услужливо склонялись перед гостями, предлагая шампанское и легкие закуски. Машина остановилась, и галантный, в непременных галунах распорядитель открыл дверь и подал Вере руку в белоснежной перчатке.

Навстречу заспешила знакомая фигура — сын, и следом за ним легко семенило воздушное создание в светло-лиловом нежнейшем кружевном платье. Лидия. Теперь член семьи.

Вера вышла из машины, одернула платье, отогнав навязчивую мысль, что оно все-таки ей тесно, вдохнула горячий по-южному воздух и улыбнулась, увидев счастливые глаза сына и сдержанную улыбку на почти не накрашенном личике новоявленной снохи.

«Считает себя красавицей, — мелькнуло у Веры. — Никакого тяжелого макияжа, обожаемого невестами. Ну и правильно, жарко».

Вера улыбнулась еще шире и распахнула объятия.

Иногда ей казалось, что Вадим не женится никогда. Тогда она впадала в глубокую депрессию. Остаться без внуков? Господи, для чего тогда жить? И вообще — по-че-му? Почему ее умный, красивый мальчик никак не может устроить личную жизнь? Разумеется, Вера была не из тех сумасшедших, зацикленных мамашек, считающих, что во всем мире нет женщины, достойной ее обожаемого сына.

И вот появилась Лидия. Спокойная, уравновешенная. Раздумчивая, продумывающая, кажется, каждый жест и каждое слово. Слишком рациональная.

И — чужая. Чужая и равнодушная, этим все сказано. Вера сама не из горячих, мечтающих влезть в чью-то жизнь. Но здесь как-то слишком даже для нее.

* * *

Нарядные гости окружили родителей жениха — слова поздравления и пожеланий, улыбки и внимательные, пристальные, изучающие взгляды: ну-ка, ну-ка! Как у нас выглядит будущая свекровь? Знаем, как долго она ждала этого дня. Сам жених импозантен и, кажется, искренне счастлив.

Вера знала, что будут обсуждать и стол, и наряды. Не сэкономили ли родители, не поскаредничал ли жених?

Но все это такие мелочи, такие глупости, такая труха!

Подруг среди коллег и партнеров мужа у нее не было — так, приятельницы. Проблемами своими она ни с кем не делилась — считала это неприличным, понимала, какими будут последствия. Да и человеком она была скрытным, что называется, в себе.

Общество это — «обчество», как говорила Вера, — она слегка презирала, но понимала, что без этого никак. Приходилось мириться, относилась к этому как к неизбежному — не подводить же из-за своих капризов мужа, верно?

В конце концов, это было даже забавным.

«Черт с вами, — усмехнулась она. — Да обсуждайте. Чешите языками, критикуйте, обрастайте домыслами — мне наплевать!»

Лидия, невысокая от природы, сегодня была на больших каблуках — почти вровень с высокой и статной Верой.

— Ну как ты? — интимно шепнула ей будущая свекровь. — Устанут ноги — на все наплюй и переобуйся в балетки! Иначе испортишь себе праздник.

Лидия, кажется, слегка удивилась ее заботе, но улыбнулась и кивнула:

— Вы правы, наплевать! — И подбородком кивнула на стоящую публику.

Они поняли друг друга и рассмеялись.

Чуть отпустило, и на минуту Вере показалось, что они смогут найти общий язык. А может, Лидия просто смущается? Робеет? «Я ведь тоже не подарок, — самокритично подумала Вера. — Молчаливая, суровая, не стремящаяся к близкому общению и сближению. Наверняка ей кажется, что я ей не рада, считаю, что мой сынуля достоин лучшего».

Вера оглядела гостей, кучками стоявших у шатров на изумрудной, ровнехонькой, словно искусственной, лужайке.

Ах, как ей захотелось скинуть узкие туфли и пройтись босиком по коротко стриженной травке!

Но, увы, не сейчас.

Официанты сновали, как мыши: шур-шур, беззвучно и шустро. «Бедные, — подумала Вера. — А им каково в этих фраках? Точно еще хуже, чем нам». Легким движением она поправила волосы и, увидев в толпе гостей мужа с бокалом в руке, улыбнулась и слегка махнула ему рукой.

Увидела, как он обрадовался и как потеплели его глаза.

«Мой дорогой, — подумала она — спасибо тебе. За все, Генчик, за все!» Вера взглянула на часы. Есть вещи, которые просто надо пережить, это она отлично усвоила.

Гости слонялись по лужайке, пили шампанское и вино, коньяки и виски, закусывали крошечными тарталетками и канапе, щипали виноград и прочие фрукты, светски беседовали. Вере пришлось к ним присоединиться — ей казалось, что улыбка навсегда приклеилась на ее лицо, приросла к ней, как маска, и, кажется, убрать ее не получится.

Молодежь громко смеялась. Вера снова отыскала глазами мужа — Геннадий Павлович общался с партнерами. Француз Патрик, уже не просто партнер, а полноценный приятель, специально прилетел на свадьбу их сына. Патрик готовил и свадебное путешествие молодых, любезно предоставив им свою квартиру в Ницце. Он был славным парнем, этот Патрик, и Вера к нему относилась с искренней симпатией. Знала, что желающих сблизиться с ним — море. Патрик был вдовцом и завидным женихом.

«Наверняка начнется атака, — с грустью подумала Вера. — Слетятся, как осы на варенье. Бедный Патрик...»

А к ней спешила Лиза, жена друга юности Геннадия Павловича, Сережи Горцева.

К Лизе Вера относилась вполне терпимо и даже с симпатией — та не была сплетницей, не кичилась доходами и занималась благотворительностью. Горцевы были не просто зажиточными людьми — богатыми.

— Верочка, — улыбнулась Лиза, клюнув Веру в щеку, — ты довольна? — И Лиза кивнула в сторону молодых. — Все, кажется, ничего, а?

Вера улыбнулась.

— Поживем — увидим, как говорится!

Лиза махнула рукой:

— Да брось! Не советские, слава богу, времена, вместе не жить! И смотреть тебе, дорогая, будет не на что. Сами пусть разбираются. — Лиза немного нахмурилась. — Ох, как вспомню наши первые годы и жизнь со свекровью. И как я все это выдержала?

— Мы много чего выдержали, Лизок. Есть что вспомнить.

И они рассмеялись.

Вера знала: Горцевы мечтали, чтобы их дочка Оля и Вадим были вместе. Но Вадик на Олю внимания не обращал. Вера понимала сына — Оля Горцева была на редкость некрасива. Все неудачное, что было у родителей, досталось бедной Оле.

И Лиза, конечно, все понимала. После школы Олю отправили в Англию продолжить учебу.

Однажды, крепко выпив, Лиза обмолвилась:

— Ну там-то моя Олька точно найдет мужика — в Англии такие страшные бабы!

Нашла. Олечка Горцева вышла замуж на чернокожего парня.

Горцевы были в шоке и постоянно оправдывались: «Мы не расисты, но это же совершенно другая культура!» Однако поделать ничего не могли — Олечка настояла на свадьбе. И нищий чернокожий студент въехал в роскошную квартиру в Ричмонде, по соседству с Сандрой Буллок, между прочим.

Сережа, занятый бизнесом, держался. А Лиза впала в депрессию. Через пару лет у молодых родились близнецы, и молодая бабушка отправилась в Лондон. Детки были так хороши и дочка так счастлива, что Горцевы успокоились.

— Как твои? — Вера не называла имен Лизиных внуков, боясь что-то напутать,

Лиза порозовела и улыбнулась.

— Счастье, Вер! Веришь? Абсолютное счастье. Смотрю на них, и сердце плавится, понимаешь?

Вера ответила вежливой улыбкой:

— Да, наверное.

— Скоро поймешь! — рассмеялась Лиза. — Все впереди.

— Дай-то бог, — пробормотала Вера, — чтобы поскорее.

Лиза чмокнула ее в щеку и пошла искать мужа — Сережку требовалось контролировать, когда-то у него были большие проблемы с алкоголем.

К Вере спешил сын. Увидев его, Вера сглотнула комок в горле — только бы не разреветься.

Вадим, в сером смокинге, стройный, высокий, длинноногий, голубоглазый брюнет, был волшебно хорош. Он обнял ее за плечи и поцеловал в щеку.

— Мам, ты нормально?

Вера прижалась к нему и подумала, что она, кажется, абсолютно счастлива. Как долго она этого ждала!

Между тем распорядитель уже приглашал гостей в зал на торжественный ужин. Ручеек приглашенных стекался в распахнутую высоченную резную дубовую двухстворчатую дверь.

В глубине дома заиграла музыка. Вера ободряюще похлопала сына по плечу, поправила темно-синюю шелковую бабочку на его белоснежной рубашке и указала глазами на ищущую его невесту.

Вадим чмокнул мать в щеку и поспешил к Лидии.

Вера с тревогой оглядывалась по сторонам. Кажется, пронесло. Или нет? Ох, если бы, если бы! Утешало одно: Красовский — трепач, мелкий лгун, абсолютно не человек слова. Ему соврать — как нечего делать, вполне мог пообещать и не прийти.

«Ох, дай-то бог! Господи, только бы не пришел! Кажется, еще ничего в этой жизни я так страстно не хотела!»

И Вера принялась искать в толпе гостей мужа — сейчас, в эти минуты, следовало взять его под руку и чинно войти в зал.

Но Геннадия Павловича нигде не было. Куда, интересно, он запропастился? Вера нахмурилась: «Стою тут, как одна. И это называется мать жениха».

— Вера, — услышала она голос за спиной, — ты?

Вера резко обернулась — знакомый голос заставил ее вздрогнуть.

Так и есть, он. Бывший муж, бывший возлюбленный и отец ее единственного сына. Роберт Викторович Красовский собственной, как говорится, персоной. Явился не запылился. Как же, пропустит он подобное мероприятие! Не на того напали! Какая же она наивная дура! На что надеялась, на что рассчитывала! Он стоял напротив ее и улыбался, внимательно и пристально разглядывая ее. И в его взгляде читались и восхищение, и удивление, и неподдельная радость.

— Вера, ты! — восторженно повторил он и покачал головой. — Ну, привет!

Вера почувствовала, как краснеет. Еще не хватало — вот позор, а?

— Привет, — с трудом произнесла Вера. — Ну ты как шпион, ей-богу. Подкрался неслышно. Я, знаешь ли, женщина в возрасте, со мной такие шутки, — она коротко и нервно хохотнула, — опасны.

Роберт довольно и беспечно рассмеялся:

— Ну прости, прости! Я не хотел, честное слово! Просто узнал тебя, ну и... рванул.

— Так обрадовался? — хмуро усмехнулась Вера. — Конечно, такое счастье — встретить бывшую жену. Да еще и на свадьбе общего сына.

— Счастье, — без тени улыбки подтвердил Роберт. — А возраст, — он улыбнулся, — это уж точно не про тебя! Ты, — он замолчал, подыскивая нужные слова, — ты... стала еще прекрасней. Честное слово!

— Оставь, — Вера резко перебила его, — не смеши. Да и вообще — при чем тут я?

Вера отвела от него взгляд и снова стала тревожно вглядываться в толпу, ища мужа.

Роберт, казалось, этого не заметил и был настроен на разговор.

— Ну а как вообще? — спросил он, закуривая сигарету.

— Вообще? — растерянно повторила Вера, по-прежнему пытаясь отыскать глазами Геннадия Павловича. — Вообще, — с нажимом повторила она, — все прекрасно. Разве ты не заметил?

— Заметил. И я очень — очень, — подчеркнул он, — за тебя рад. Искренне рад, Вера!

— Какая разница, — еще больше раздражаясь, проговорила Вера. — Рад, не рад, искренне или не очень. Мне-то какое дело, Роберт? Ладно, я пошла — извини! Надо мужа найти. — Вера развернулась, чтобы уйти.

— Я, — услышала она, — так счастлив, что мы снова.... увиделись.

Вера резко остановилась и обернулась.

— Счастлив? — жестко переспросила она. — Ну и я страшно рада, что доставила тебе удовольствие! — И, усмехнувшись, она небрежно махнула рукой и направилась к зданию усадьбы.

Вера шла и думала об одном — только бы не упасть, не растянуться бы перед гостями, не доставить им такого сказочного удовольствия, не устроить такой немыслимый аттракцион, о котором некоторые только мечтают, — ее, Веру Стрельцову, многие не любят, считая надменной и высокомерной.

«Иди, иди, — говорила она себе. — Выпрями спину и иди! И ноги у тебя не дрожат, ничего подобного! Поступь твоя тверда и совесть чиста! И все давно прошло и забыто, Вера! Опомнись».

Но ноги предательски дрожали и подкашивались. Разволновалась! Как такое вообще возможно? Как она злилась на себя!

Она дошла до брусчатки, остановилась, чтобы перевести дух и немного прийти в себя, нервно провела потной ладонью по волосам, резко одернула платье, ребром ладони вытерла влажную шею, снова провела рукой по волосам и завертела головой — ну где он, где?

Предательски дрожали руки — Вера сцепила их в замок, стараясь унять мерзкую, стыдную дрожь.

Наконец она увидела мужа и неожиданно для самой себя громко и тонко, почти истерично выкрикнула:

— Гена!

Геннадий Павлович увидел жену, расплылся в улыбке и заспешил к ней.

Вера чувствовала, как успокаивается ее дыхание. Но раздражение, даже злость, никуда не делись — теперь они распространялись на ни в чем не повинного мужа.

— Ну наконец-то, — зашипела она, — ну где же ты ходишь?

Геннадий Павлович растерянно и непонимающе уставился на супругу:

— А в чем дело, Веруша?

И вдруг Вера заплакала.

— В чем? — повторяла она. — Да в том, что ты меня бросил, оставил одну! В том, что я тут... как дура неприкаянная, вот в чем! И я тебя ищу. Больше часа ищу, Гена! А тебя нигде нет!

Ошарашенный и окончательно растерянный, Стрельцов по-прежнему моргал глазами и бормотал объяснения:

— Что ты, Верочка, что ты? Я ничего не понимаю, честное слово! Я все время был тут, рядом! Мы же с тобой... видели друг друга! Ты с Лизой болтала, потом с детьми! С Вадькой. Я же все видел, — жалко оправдывался он. — Я не терял тебя из поля зрения, Вера! Родная моя, что с тобой? А сейчас я отлучился в туалет. Верочка! Да что с тобой, солнышко? Что случилось? У тебя что-то болит, ты себя плохо чувствуешь? Это жара и волнение, да, Верочка?

Вера увидела его растерянность, испуганные глаза и пришла в себя. Господи, какой стыд! Веду себя, как истеричная барышня. Еще не хватало, чтобы он понял причину. А уж если заметит кто-нибудь из гостей, сраму не оберешься. Нет, ей решительно наплевать на всех, но как некрасиво, нелепо, стыдно!

Да и ни к чему давать лишний повод для разговоров. Наплевать, а все равно неохота, чтобы трепали их имена.

Вера жалко улыбнулась и извиняющимся тоном проговорила:

— Ген, ну прости, прости ради бога! Жара такая... Нервы, да. Я так долго этого ждала, а тут расклеилась, Геночка. Растерялась. Ты же знаешь, как я не люблю все эти сборища! Да и жара, — жалобно повторила она, — и столько бессонных ночей.

— О чем ты, родная моя? — Геннадий Павлович облегченно выдохнул. — Уф, Веруша! А я уже испугался, что тебе нездоровится. Точно ничего не болит? — он снова с тревогой вглядывался в ее лицо. — Ты меня не обманываешь?

— Не болит, не болит, — рассмеялась наконец пришедшая в себя Вера. — Честное слово, ничего не болит! Пойдем скорее. Все уже там.

— Да, да, конечно! — растерянно пробормотал Геннадий Павлович, все еще с тревогой поглядывая на бледное и измученное лицо жены. — С тобой правда все в порядке?

Овальный зеркальный зал был роскошен. На столах, покрытых нежно-апельсиновыми скатертями, стояли вазоны с остроносыми, похожими на экзотических птиц, стрелициями и низенькие, почти плоские вазы с ярко-красными, нежно-желтыми и оранжевыми настурциями и ноготками. На полу, в широких, высоких вазонах были расставлены необыкновенного цвета мелкие розы — персиковые, чайные, кремовые. «Интересный дизайнерский ход, — подумала Вера, — соединить стрелиции и ноготки. Но почему розы, королевы цветов, на полу, а не на столах?»

Повсюду слышался шепот — гости заканчивали рассаживаться. Пахло дорогим парфюмом, свежими розами, теплыми булочками, аккуратно прикрытыми полотняными накрахмаленными салфетками, свежим огурцом и еще — уверенностью и богатством.

Увидев родителей, Вадим заулыбался и помахал рукой — родительский стол стоял по правую руку от стола молодых, и за ним уже сидел симпатичный немолодой седой бородатый мужчина. Отец Лидии, сват, догадалась Вера. Ну вот и познакомимся. «Приятное лицо, — подумала Вера. — Приятное и вполне интеллигентное».

Стрельцовы подошли к своему столу, представились новому родственнику, и Вера отметила, что он очень смущен. «Все понятно, — решила она. — Обалдел от роскоши, решил, что попал в круг нуворишей, чувствует себя не в своей тарелке, и я его понимаю. Я давно к такому привыкла, а вот в своей тарелке так и не оказалась».

Ей захотелось ободрить нового родственника, дотронуться до его крупной рабочей руки, шепнуть что-то легкое, остроумное, ненавязчивое — словом, поддержать.

Но рядом со сватом сел муж, и Вера оказалась по другую сторону стола. Ну да бог с ним, все взрослые люди.

«А Томки все нет, — расстроенно подумала Вера. — Выходит, не приедет моя подружка. И бесполезно искать причину, я уже научилась не обижаться. И Евгеша не приедет: сегодня у нее важнейшее событие — приезжают сын и внук из Баку. Как долго она ждала этого дня! Но, слава богу, дождалась! Просто жаль, что так все совпало. И некому меня поддержать и ободрить, разделить все волнения и радости».

Вера уселась поудобнее, расправила складки платья и посмотрела по сторонам. Вдруг ударило в голову: «А если Красовского посадят за этот стол? А почему нет? — У нее задрожали руки. — Нет, невозможно, чтобы испортился такой долгожданный праздник! Ах, Вадик, Вадик! Как я тебя умоляла!»

Но, к счастью, кроме запыхавшейся, красной Тамарки, влетевшей в зал, как ракета, за их стол никого не посадили.

— Ну и дорожка, — прошептала подруга, обмахиваясь салфеткой, как веером. — Думала, никогда не доберусь! Три часа, прикинь, Вер? Ну вы и придумали — за город ехать.

Вера счастливо улыбалась и гладила Томку по руке.

«Как хорошо, что здесь Томка! — думала Вера. — И как хорошо, что Красовскому хватило ума сесть в другом месте, не портить нам с Геннадием праздник. Наш праздник, не его».

Слово взял ведущий, стройный, импозантный мужчина лет сорока, больше похожий на американского сенатора. Одет он был в голубой смокинг с алым шелковым поясом. «Опознавательный знак, — усмехнулась Вера, — чтобы отличать его от остальных гостей».

«Сенатор» объявил торжество открытым. Вера почти не слышала, что он говорит, — напряженно вглядывалась в зал, пытаясь обнаружить бывшего мужа.

Для чего? Да только для того, чтобы обезопасить себя! Если бы можно было загадать золотой рыбке всего одно желание, Вера попросила бы ее об одном: чтобы ни разу — ни разу! — ни специально, ни случайно, ни на минуту, ни на полминуты не столкнуться с Красовским.

Но она, к великому облегчению, так его и не увидела.

А свадьба шла своим чередом. Официанты разносили изысканные закуски, оркестр играл, точнее наигрывал, что-то легкое и знакомое, совсем ненавязчивое, но Вера никак не могла вспомнить мелодию, ведущий что-то говорил, а гости, благодаря заранее составленному списку, произносили тосты.

Вера нервничала — ей предстояло произнести речь. Готовилась она долго, писала по ночам, исправляла, дополняла, старалась избежать банальностей. Учила наизусть. Для нее это было непросто — выступать перед публикой она не любила, да и не умела. От вида полного зала впадала в ступор, немела. Но здесь отступать было некуда.

Она ничего не ела, и расстроенный и встревоженный муж снова заглядывал ей в глаза, брал ее за руку, шептал что-то на ухо и волновался. Вера отмахивалась, раздражалась и пыталась натянуть искреннюю улыбку. Получалось, видимо, плоховато.

Отец Лидии поглядывал на нее с интересом и, как ей показалось, с сочувствием — кажется, он уловил ее тревожность и напряжение.

Перед танцем молодоженов ей наконец дали слово.

Вера встала, машинально одернула платье, машинально провела рукой по волосам и взяла микрофон.

Как ни странно, речь ее получилась гладкой, почти без помех, все-таки она умела взять себя в руки. Споткнулась она на единственной фразе: «Мы с твоим отцом». В эту минуту она обернулась на Геннадия Павловича, ища у него поддержки. Он все понял мгновенно, кивнул, взял ее за руку, встал рядом и, осторожно взяв у нее микрофон, поцеловал ее и поблагодарил за сына.

Гости зааплодировали.

Вера улыбнулась, поцеловала мужа и села на свое место.

Все, все — все прошло! Она сумела, справилась с волнением. У нее получилось почти без запинок. И Геночка, умница, понял все моментально и в который раз спас ее, спас!

Веру отпустило, и она выпила разом бокал вина, поймав на себе удивленный взгляд отца Лидии, которого, как выяснилось, звали пышно и непривычно — Михаил Иссидорович.

Вера съела крохотный пирожок, и он оказался нежнейшим и невообразимо вкусным. Она почувствовала, что очень проголодалась, и попросила мужа положить ей и салат из крабов, и тарталетку с икрой, и еще парочку пирожков. Наплевать на фигуру!

Молодые закружились в вальсе под дивную музыку Доги.

Вера взяла мужа за руку и, не отрываясь, смотрела в зал, где кружились молодые, ее сын и его жена.

«Счастье, — подумала она. — Вот оно, счастье! Я попробую ее принять всем сердцем, полюбить, стать ей подругой. И отец у нее вполне милый, робкий и немного смешной. Но симпатичный уж точно».

Вера, расчувствовавшись, тихонько, украдкой, заплакала. И тут же почувствовала деликатное участливое прикосновение к ее руке. Мягко улыбаясь, Михаил Иссидорович легонько пожал ей руку.

Вера с благодарностью улыбнулась.

— Томка, — шепнула она подруге, — ну что ты, ейбогу? Поухаживай за мужиком, ты же это умеешь! Смотри, он совсем потерялся среди этого блеска и мишуры.

Тамарка удивилась Вериной просьбе, но отказываться не стала. Видно было, что идея ей даже понравилась.

Свадьба продолжалась, и кажется, все складывалось удачно, но по-прежнему хотелось одного: чтобы все это поскорее закончилось. Казалось, время застыло. Перед глазами мелькали лица, знакомые и незнакомые, и, несмотря на кондиционер, было нестерпимо душно, платье, конечно же, по-прежнему жало, ноги в вечерних туфлях отекли и отяжелели, лицо зудело от пота и расплывающейся косметики, голова разболелась от бесконечных тостов, всплесков смеха, разговоров и пожеланий.

Геннадий Павлович все это видел и очень тревожился за жену.

— Тебе нехорошо? — в очередной раз шепнул он ей.

Вера устало посмотрела на него.

— Поскорее бы домой, а, Генчик?

— Родная моя, что поделать? Это все просто надо пережить — и все! Да и вообще скоро конец. Видишь, уже убирают столы и готовятся к выносу торта. Веруша, любимая, потерпи, а? Ну сама подумай — уйти нельзя. Дети обидятся, да и гости не поймут. Впрочем, на гостей мне наплевать! А вот сын — это да. Ну нельзя нам сейчас, понимаешь? — Он умоляюще смотрел на жену.

Под бравурный марш вывезли торт — высоченный, многоэтажный, сахарно-белый, позолоченный, многоярусный, поблескивающий в свете зажженных хрустальных люстр. Молодые, обнявшись и держа двумя руками нож, под громкие аплодисменты и музыку его разрезали. Запахло кофе, и наконец распахнули двери и окна. В зал ворвался долгожданный свежий вечерний воздух, пахнувший лугом и рекой.

Вера громко вдохнула, и ей показалось, что голову стало чуть отпускать.

Подошли дети, неся в руках тарелку с разрезанным тортом, — маме и папе!

Вера заставила себя встать, улыбнуться и раскрыть объятия для невестки и сына.

Увидела их лица — бледные, усталые, возбужденные.

«Им тоже все далось нелегко», — устыдилась она.

Поискала глазами Тамарку. Ну ничего себе, а? Тамарка и Иссидорыч кружились на танцполе.

«Кому, как не тебе, моя хорошая, — подумала Вера. — И дай тебе бог!»

Сын предложил выйти на улицу.

— Да, да, сынок! — обрадовалась Вера. — Давай немного пройдемся! Мы скоро поедем, вы извините, ребятки! Дорога неблизкая, да и устали мы, если честно. — Вера виновато улыбнулась.

Вышли втроем, но Геннадия Павловича перехватил кто-то в дверях, и он, извинившись, махнул рукой — дескать, догоню!

Странно, но после такой жары вечер был довольно прохладным — с реки тянуло зябкой свежестью, пахло свежескошенной травой и душистым табаком.

Вера облокотилась на перила и блаженно улыбнулась — какая красота, господи! Река искрилась темным, тягучим, словно расплавленным, серебром, на темно-синем небе зажглись желтоватые яркие звезды, дорожки белели сахарным гравием, и тишина после шумного зала казалась немного пугающей.

— Ну вот вы где, — услышала она радостный голос. — А я вас ищу!

Вера вздрогнула. Увидела удивленные, полные интереса глаза невестки.

— Отец! — радостно воскликнул Вадим.

Отец. Красовский был отцом. Стрельцов — папой. Роберт стоял напротив Веры, и за поблескивающими стеклами очков она видела его глаза. Она кивнула ему и отвернулась.

Сын расспрашивал отца о впечатлениях, о свадьбе, потом что-то спросила Лидия, потом заговорили о свадебном путешествии. Оказалось, что тут все совпали — и Вадим, и Лидия, и Красовский были ярыми поклонниками и знатоками Франции.

Вера в разговорах не участвовала, продолжая молча и хмуро разглядывать медленно текущую реку.

Пару раз она оглянулась, надеясь увидеть застрявшего где то супруга. Молодых окликнули, и, извинившись, они поспешили к знакомым.

Роберт стоял в метре от Веры, и от него пахло все тем же парфюмом. Вера пыталась вспомнить, как он называется.

Он курил, и дым шел в ее сторону. Она поморщилась, отодвинулась от него и достала телефон — позвонить мужу.

— Ну как ты? — тихо спросил он. — Зябковато, правда? Это все от воды.

Вера с усмешкой глянула на него:

— О, какая забота!

— Не юродствуй, — оборвал Роберт. — К чему? Сегодня, кажется, вечер прощения. Или не так? Может, хватит, Вера? Жизнь прошла, а ты...

— Что я? — с вызовом спросила она.

— Да все не можешь простить. Я же вижу.

— Чушь! — дернулась она. — Что за чушь, господи? Вот именно — жизнь прошла. У тебя, знаешь ли, мания величия. Неужели ты думаешь, что мне все еще не все равно?

— Я не думаю, я вижу, — грустно улыбнулся он. — Если бы простила, было бы все равно.

— Бред, — бессильно и устало ответила она. — Какой бред. Я сто лет в счастливом браке, да и вообще — при чем здесь ты?

Он подошел к ней и попытался приобнять.

Вера напряглась, как стальная пружина.

Оттолкнуть? Подумает, что точно не безразличен. Да и зачем? Дружеское объятие на свадьбе сына — это нормально.

Вера взяла себя в руки и похлопала его по плечу.

— Все прошло хорошо, правда? Как гора с плеч. А как тебе Лидия?

Он не спешил выпускать ее из объятий.

— Лидия как Лидия. Обыкновенная. Такая, как все. Это ты была другая, Вера. Таких больше нет. А свадьба, — Роберт усмехнулся, — пела и плясала. Пышная и богатая была свадьба. Ну так, наверное, и должно было быть.

Вера высвободилась из его объятий, и их глаза оказались напротив друг друга.

Смутившись, как девочка, Вера подумала: «Какое счастье, что темно и он не увидит, как я покраснела».

— Я была другая, говоришь? — Вера усмехнулась. — Вот интересно! А когда ты это понял?

— Сразу, — тут же ответил Роберт. — Но дурак был. Молодой идиот. Не удержал.

— И слава богу, — усмехнулась она. — Не знаю, кому святому свечки ставить.

Он посмотрел на нее серьезным и долгим взглядом.

— Тебе виднее. — Снова взял ее за руку. — Простила? Я знаю, как я перед тобой виноват.

Вера звонко, по-девчоночьи рассмеялась.

— Господи, Роберт! Ты вообще о чем? Неужели это для тебя так важно: простила — не простила?

— Важно, — оборвал он ее. — Я всегда любил тебя. Всю жизнь. И причинил тебе столько горя.

— Ты не любил, — возразила Вера. — Ты просто не способен на это. Ты любил только себя. Ну и вообще — хватит, Роб! Это уже за гранью, ей-богу! — Вера выдернула руку, резко обогнула его и пошла прочь.

Ее слегка шатало — шампанское, каблуки. Ну и все остальное. Крепко взявшись за перила, она подошла к распахнутой двери.

И в эту минуту оттуда вышел муж. Вера бросилась к нему, едва устояв на ногах, схватила его за руки и потянула за собой:

— Идем, идем, Гена, пожалуйста, поскорее!

Ошарашенный и ничего не понимающий, муж кивал, как болванчик, и едва поспевал за ней.

— Вера, милая! Да что снова случилось?

— Потом, потом. Да ничего — все прекрасно! Просто очень хочу домой! Я жду тебя битый час!

— Какой час? О чем ты? Да и вообще — не беги ты, ради бога! И откуда такая прыть, ты же устала.

Вера обернулась. На галерее, между белеющих колонн, откуда она только что ушла, — нет, не так: откуда она позорно, как семиклассница, сбежала, — маячил знакомый силуэт. Вспыхивал и угасал крошечный маленький красный уголек сигареты. Лица его было не разглядеть, но Вера знала, уверенно знала, что он видит их, смотрит на них и провожает их взглядом.

* * *

Это случилось шесть лет назад. История главного Вериного кошмара и главного позора. История, которую невозможно никому рассказать, — ни Евгеше, ни Томке. Вера пошла бы на все, ей-богу, вплоть до сделки с дьяволом, лишь бы все забыть, а еще лучше — проснуться и понять, что ей все приснилось.

Но нет, не получалось. Увы.

Телефонный звонок раздался под вечер. Вера не сразу узнала голос Красовского — хриплый, простуженный, совершенно больной.

Геннадий Павлович и Вадим были в командировке в Испании. Вера только-только поговорила с мужем, потом списалась с сыном, приняла душ и собиралась ложиться.

Был апрель, неожиданно теплый и ранний. Стоя у раскрытого окна, Вера молча выслушала просьбу и извинения бывшего мужа.

— Подожди, запишу, — прервала его она. — Так не запомню. — И аккуратно, повторяя по слогам, стала записывать названия лекарств. — Роберт, я все поняла и записала, — строго прервала она его. — Часов в семь пошлю к тебе Виталика. Может, еще что-нибудь из продуктов? Ничего не ешь? Ну, это неправильно. Впрочем, как хочешь, ты не ребенок. Может, хотя бы молока? Все, Роберт, — повторила она. — Утром у тебя будет Виталик. Поправляйся! — И нажала отбой.

«Дожил, — подумала она о бывшем муже. — Некого попросить лекарства купить».

Но ночью ей не спалось. Под утро разозлилась на Красовского: «Господи, ну при чем тут я? Вот ведь наглец! Ну кто мы друг другу?»

Она ругала себя за то, что думает о бывшем, крутит в голове эту глупость, переживает за Красовского.

Впрочем, отказывать человеку в помощи было не в Вериных правилах.

В семь утра позвонила Виталику.

Тот с диким кашлем пробухал в трубку:

— Заболел, Вера Андреевна, извините. Кажется, грипп! Но если надо, сейчас буду.

— Не надо, — ответила Вера. — Выход найдется.

Как назло, в доме никого не было, Евгеша гостила у тульской родни.

Вера открыла холодильник: полкастрюли рассольника, тушеное мясо, пюре. Ну и отлично! Мои прилетают через три дня, а я обойдусь.

Разложила все это по контейнерам, прихватила список лекарств и вызвала такси.

Утро было холодным и хмурым, а дорога длинной, почти бесконечной.

Вера смотрела в окно и думала, какое счастье, что они с Генашей уехали из города! Город показался ей неприветливым, серым, мрачным, чужим.

У квартиры Красовского она долго не решалась нажать на звонок, поймав себя на мысли, что почему-то волнуется.

Открыл он спустя минут пять, из-за двери она слышала его надрывный кашель и шарканье тапками.

Они стояли, внимательно разглядывая друг друга. Первой очнулась смущенная Вера.

— Ты очень гостеприимен, — с сарказмом сказала она. — Может, я все-таки пройду?

Роберт горячо закивал и принялся оправдываться: дескать, ругал себя за этот звонок и уж совсем не ожидал, что приедет она.

— Если бы знал, уж точно не позвонил бы.

Смущенно просил прощения, суетился, предлагал какие-то убитые рваные тапки, от которых Вера решительно отказалась. Пытался усадить ее в старое, потертое, доисторическое кресло, но и здесь она сказала решительное «нет».

Прошла на кухню, поморщилась при виде раковины, полной грязной посуды, качнула головой, отметив крошки на клеенке и залитую кофе плиту.

— Не утруждаешь себя бытом, — не удержалась она.

Красовский принялся объяснять, что сил нет, уже три дня бьет кашель, а с врачом все тянул, но вчера понял, что выхода нет. Он никогда не лечился, в лекарствах ничего не понимает.

— Может, вообще не принимать? — с сомнением спросил он. — А, ты привезла! Ну тогда да, конечно! Все сразу и по схеме, с легкими не шутят, ты, Вера, права! А приберусь завтра, если будет полегче. Я же не знал, что ты приедешь! Такой вот конфуз, извини.

Вера молча разбирала свои пакеты, открыла холодильник, из которого пахнуло откровенно несвежим, лежалым и стухшим.

Прикрикнула на Красовского, строго приказала выпить антибиотик и лечь в постель.

Он, бормоча и оправдываясь, тут же послушался и прошаркал в комнату.

Вера протерла холодильник, выбросила в помойку все содержимое, поставила туда свои контейнеры и после некоторого раздумья принялась за посуду. Моющие средства отсутствовали. Нашлись остатки окаменевшей соды, и Вера развела ее водой.

Разобравшись на кухне, пошла в комнату.

Вот где была разруха. Ремонта эта квартира, кажется, не знала никогда.

Старый шкаф с зеркалом, бельевая тумба из прошлого века, телевизор, чешские полки с книгами, икеевская стойка под диски, совсем нелепая в этой квартире. И разобранный диван, на котором спал, похрапывая, ее бывший муж и отец ее единственного сына.

Она смотрела на него и вспоминала.

Роберт в клетчатой ковбойке и потертых кедах, заезженная пластинка с набившей оскомину песней — «Прощай и ничего не обещай». Изо всех окон, как надоело! Но если честно, песня ей нравилась.

А он над советской эстрадой смеялся. Он слушал «Битлз».

Его губы, ее губы и его слова. Первый мужчина. И она верит ему. Навсегда.

Тугой живот, выматывающие утренние рвоты. Тошнит, все время тошнит. Тошнит от всего. Невыносимый запах капусты из институтской столовки.

Бабушка, ее жесткие, жестокие слова. Почему она ее не жалела?

Яркий, белый свет лампы в родилке. Адская, разрывающая пополам боль. И слабый писк — он родился?

Счастье, счастье. Счастье и еще — мука....

Ночи без сна, полуоткрытые глаза, вечный недосып, вечная усталость. И — ожидание! Он приедет. Сегодня приедет, конечно, приедет. Здесь его сын и жена, он не может их оставить.

Темное окно, запах утюга и теплых пеленок, запах молока, запах сына.

И опять тишина. Он не приехал. Опять.

И ее слезы, слезы без конца.

И слова бабушки. Ну почему опять так жестоко? Ведь ей и так плохо!

Он приехал! Счастье. Он подолгу смотрит на сына, и, кажется, малыш ему нравится.

Он торопливо ест разогретую картошку, глотает горячий чай, обжигается, чертыхается, а она, не отрываясь, смотрит на него. Любуется. Ей нравится, как он ест, как он пьет, как неловко держит их общего сына. Как обнимает ее по ночам и шепчет ей такие слова, от которых кружится голова.

И ей снова становится стыдно. Какая же глупость — он ее муж!

И она снова счастлива, счастлива. Господи, как она счастлива.

Но его снова нет, и она его ждет. И снова слезы. Господи, да откуда они только берутся? И одиночество, и ей очень страшно одной. Какое одиночество, как она может так говорить? Ведь рядом, на расстоянии вытянутой руки, спит ее сын. Да как у нее язык поворачивается?

И снова слезы, откуда их столько?

Его долго нет. Где он, с кем? Он приехал, приехал, почувствовал! Ведь ей так плохо. В самые-самые черные дни, после смерти Лары, он рядом, возле нее. И она им спасается. А потом они перебираются в Москву. Какой он молодец, как здорово придумал! Ей бы и в голову не пришло. Ей надо бежать из этого дома. Спасаться.

Бегут. И снова счастье. Нет, она тоскует по прошлой жизни. По всем своим, по бабушке, по дому. Но

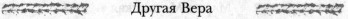

она счастлива, они вместе, втроем. И у них наконец настоящая семья. Где только они, без посторонних.

Метро. Сын спит у него на руках. Маленький, теплый, уставший. В старой цигейковой, отданной кем-то шубке, в вязаной шапочке в бело-синюю полосу. Сердце заходится от счастья — ее мужички.

Счастье, счастье. И никаких слез. Никаких. Все у них хорошо! Но почему снова страшно? Три года. Три года у них все хорошо.

Верино сердце сжималось от жалости и тоски. Как же так, Роберт? Как же нелепо ты распорядился единственной жизнью.

Он неожиданно открыл глаза, и Вера вздрогнула, залилась густой краской и моментально вскочила со стула.

— Ну я пошла.

И тут же поймала себя на мысли, что прозвучало это робко и, кажется, нерешительно.

Она прошла в прихожую и, натягивая куртку, прокричала:

— Суп, мясо, мандарины. Да, молоко! Обязательно пей теплое молоко! Надеюсь, что хотя бы мед у тебя есть! Впрочем, сомнительно, — почти про себя пробурчала она. — Все, я пошла! Выздоравливай. Вадька прилетит через пару дней и заедет к тебе!

Как все получилось? Она почти не помнила. Кажется, он оказался рядом, выскочил в узкий и темный коридорчик, она успела с иронией сказать какую-то глупость про его шустрость и прыть — конечно же, от растерянности и смущения.

Нечетко помнились его горячее дыхание и горячие руки, стягивающие с нее куртку. Его хриплый, приглушенный шепот, бормотание про его вечную, непроходящую любовь к ней и уговор остаться еще «на чуть-чуть», просто побыть рядом. Ему так хочется полюбоваться на нее, послушать ее голос. Вот лучшее лекарство, какие антибиотики. Последняя просьба умирающего, а в ней не отказывают! Вера услышала его какой-то юродивый смех, переходящий в хриплый, сухой, лающий кашель.

Она точно помнила, что вырывалась, натягивала куртку, пыталась попасть рукой в рукав, не попадала и страшно злилась, просто до слез.

А дальше... Дальше было его горячее и знакомое тело, снова шепот и слова раскаяния и благодарности:

— Вот, теперь все! Теперь все уж точно пойдет на лад, на поправку, потому что ты здесь, со мной, а это главное.

Вере помнилось — или привиделось? — что на несколько минут она уснула, провалилась, и ей показалось, что они снова в родном малаховском доме, в ее девичьей светелке, на подушках с вышитыми бабочками, а за окном любимый сад, ее детская скамеечка, сколоченная дедом, и ее качели между двух высоких и ровных берез, и пахнет печкой и корицей. Зоя печет печенье? Какая Зоя, Зои давно уже нет! Зато есть ощущение счастья и бесконечной радости.

Но тут она очнулась и открыла глаза и увидела его лицо с комковатой, с проседью, бородой и глубокие морщины у рта, и просвечивающуюся сквозь все еще густые волосы залысину и, ужаснувшись происходящему, чуть не закричала. Резко вскочила, сдернула со стула брюки и свитер, забыла про носки и разревелась, пытаясь натянуть на босые ноги кроссовки. В коридоре она разрыдалась еще пуще, закричала, обвинила во всем его и дернула входную дверь, которая оказалась незапертой.

Вера уже шагнула за порог, как вдруг замерла, остановилась, резко развернулась и влетела в комнату — всего-то пару шагов!

Он лежал на кровати, закинув руки за голову. В пепельнице дымилась плохо затушенная сигарета.

На его лице блуждала довольная, сытая и наглая усмешка человека, случайно и неожиданно урвавшего то, что ему явно не полагалось.

Остолбенев, она застыла на пороге, закипая от ярости и обиды.

— Сволочь!— прошипела она. — Какая же ты сволочь, Красовский!

Он обернулся и удивленно спросил:

— Ну почему, Вер? Кажется, нам было неплохо.

— Сволочь! — закричала она. — Только посмей, слышишь? Только посмей!

И выскочила за дверь. Чем она грозила ему? Чем и за что? На этот вопрос у нее ответа не было.

Вера шла по улице, заплаканная, не разбирая дороги. Кроссовки промокли в лужах с растопленным снегом и городской грязью.

На нее обращали внимание: приличная вроде бы женщина, а вот на тебе: шлепает по лужам и в голос ревет!

Ей было все равно. Очнулась у какого-то кафе, обычной стекляшки, в которой наверняка выпивали дешевую водку под жареные беляши. И вправду пахло прогорклым маслом и чем-то кислым.

За пластиковыми столиками сидели явного вида работяги, хлебали что-то горячее, наверное суп. Над простыми тарелками поднимался парок. На столах стояли початые бутылки. «То, что надо», — подумала Вера и плюхнулась за свободный столик. Мужики замерли с ложками в руках, ошарашенно переглядываясь.

Такие птицы сюда еще не залетали.

Подошла официантка. Под полупрозрачной косынкой проглядывали бигуди. Лицо у нее было гладкое, полное и очень белое, без грамма косметики. Только рот был накрашен ярко-красной блестящей помадой.

Официантка разглядывала Веру с интересом, словно диковинную мартышку.

— Водки и что-нибудь закусить, — пробормотала Вера. — На ваше, так сказать, усмотрение.

Неожиданно глаза официантки потеплели, в них потухло любопытство и зажглись сочувствие и понимание. «Все мы бабы, и все мы несчастны», — читалось в ее светло-голубых, окруженных белесыми ресницами, словно голых глазах.

С достоинством кивнув, она пошла на кухню, по дороге цыкнув на усмехающихся мужчин.

Через пару минут перед Верой стояли тарелка с борщом, два куска черного хлеба и несколько кусочков розоватого, блестящего сала.

Ну и графинчик с водкой — на глаз граммов двести.

Вера благодарно кивнула и с какой-то животной жадностью принялась хлебать борщ. Он, как ни странно, оказался горячим и вкусным.

Три рюмки подряд, под борщ и сало, — и ее отпустило.

Мужики отвлеклись и занялись своими делами и разговорами.

Официантка стояла за пластиковой стойкой, вывалив на прилавок грудь.

Перехватив благодарный Верин взгляд, с достоинством кивнула, дескать, плавали, знаем!

Вера доела борщ, выпила последнюю рюмку, на остаток хлеба положила последний кусочек сала и от удовольствия прикрыла глаза.

Счет ждать не стала — положила на стол стодолларовую бумажку, усмехнувшись, что за счастье и спасение расплата не так велика.

Через час такси доставило пьяненькую Веру домой. Войдя на участок, она застыла на месте, закрыла глаза и глубоко и размеренно задышала.

Укладываясь в постель, она подумала: «Какое счастье, что в доме сегодня никого!» И еще она пообещала себе забыть этот день. Иначе не выжить.

Спала она почти сутки, но, странное дело, не разболелась. Может, те самые двести граммов оказались спасительными? Кто знает. Но к приезду сына и мужа она была в порядке. Почти.

Но день этот не забыла, не получилось. И эти стыд и боль, как саднящая рана, были с ней навсегда. Скоро она поняла это и перестала бороться, убедив себя, что люди живут с еще более страшным позором. Живут. И она будет жить.

Будет жить назло Красовскому. Как же она его ненавидела!

* * *

Подошли к парковке, и Стрельцов постучал пальцем в водительское окно. Через минуту как ошпаренный выскочил водитель Виталик. С трудом сдерживая зевки, он галантно открыл перед Верой дверь, и она с облегчением уселась в машину.

«Все, все! Все позади! Я все пережила, мне медаль. Нет, мне орден! Сейчас я сброшу туфли, расстегну платье, вытащу заколку из волос. Поздний вечер, долетим быстро, и скоро я буду дома, в своей спальне, в своей кровати. Вот оно, счастье! И больше никогда, никогда я его не увижу!»

Вера закрыла глаза. Муж взял ее за руку.

— Скоро, Веруша. Час с небольшим, а то и меньше, и мы дома! Ляжешь и будешь отдыхать. Да, моя девочка?

Вера молча кивнула. И тут как подбросило:

— Гена! А Томка? Господи, как мы о ней забыли?

Геннадий Павлович расхохотался:

— Нет твоей Тамарки, сказала, что поедут со сватом гулять по ночной Москве. И просила передать, чтобы ты не волновалась.

Вера приподняла брови, пожала плечом, но ничего не прокомментировала.

Муж осторожно сжал ее руку, но она на его пожатие не ответила.

«Такой, как ты, нет. Такой, как ты, нет». Господи, да что за наваждение! Чертов Красовский.

Действительно, доехали быстро. Вера немного вздремнула.

Из машины вышла покачиваясь, словно пьяная.

Зашли в дом — родные запахи, тишина. Счастье.

Вера поднялась к себе, скинула платье и белье, зашла в ванную, но лезть под душ не было сил. Она посмотрела на себя в зеркало — бледная, измученная, словно вагоны разгружала, а не гостьей сидела, ей-богу.

Она смыла почти облетевшую косметику, наложила на лицо крем, расчесала волосы и наконец легла в постель.

Блаженство. Именно так, и никак иначе: самое настоящее, волшебное сказочное блаженство. Вспомнила, что забыла раскрыть окно. Жаль, но сил вставать нет.

Думала — уснет сразу, в минуту. Но сон не шел. В голове, как в кино, крутилась вся жизнь — Малаховка, дом и сад, бабушка, дед. Мать и отец. Тамарка. Дорога в школу, осень, зима, весна. Лето. Знакомые запахи, звуки. Лай собак по ночам.

Вкус лесной земляники. Жареных сыроежек с картошкой. Ощущение теплой и мелкой пыли в сандалиях. Подгоревшая и страшно зудящая, чешущаяся спина в ситцевом сарафане. Стук яблок о землю. Пенка от сливового варенья. Мокрые, пахнувшие тиной, волосы после купания. Звуки и запах дождя. Кладбище — темное, всегда сырое, под ногами рыжая глина. Слезы, слезы, слезы без конца. Мама, папа, дед. Бабушка. Глухая тоска, удушающая печаль. Бабушкин фартук, пахнувший жареным луком. Слипшаяся конфета в кармане платья. Запах морозца и первого снега.

Электричка, перестук колес, запах пирожков из алюминиевой кастрюли. Жидкий белесый кофе. Натертая мозоль от новых босоножек. Духи «Может быть».

Институт, лето, жара. Теплое, кислое «Жигулевское» — гадость. Подтаявшее эскимо, стекающее по подбородку. Громкий смех и ощущение счастья.

Да и вообще ощущение счастья — постоянное, неизбывное, казалось, что вечное.

И ничего не известно, и ничего не страшит. Ничего.

Вера перевернулась на бок. «Встать и открыть окно, — подумала она, — душновато». Но сил нет. А слезы — вот они, слезы.

Зачем вспоминать? Она закашлялась и привстала на локте, глотнула воды из стакана.

Но в эту минуту ей показалось, что никогда — *никогда* — она не была счастливее, чем тогда в Малаховке, после смерти бабушки, когда Роберт вернулся. И в те далекие три года в Москве — длинные, вечные три года.

За окном загремел гром.

«Странно, — удивилась Вера. — Вроде бы дневная духота спала, ушла, как не было, и ни грома, ни дождя не ожидалось. Ну и славно, что дождь. Если бы он только мог смыть всю горечь, всю накипь в душе, очистить душу, заставить все забыть, все потери, утраты, пропажи. Обиды, накопленные за долгую жизнь, все унижения, все печали. И ту историю, ее кошмар и позор. Но нет, увы — нет. Ни дождю, ни слезам с этим не справиться. Это со мной навсегда. — И тут же испуганно подумала: — Бога гневлю, накажет. Грех мне. Я ведь такая счастливая! Стыдно признаться, произнести вслух, намекнуть и то стыдно. Наверное, я неблагодарная».

А гром грохотал все сильнее, и светлое небо освещали короткие и яркие, как вспышки электрического света, всполохи и зарницы.

Теперь не уснешь, как ни старайся.

Она отвернулась от окна, но яркий свет, почти как днем, осветил комнату — по потолку бликовали отблески зарниц, потолок то вспыхивал, то внезапно гас, гром гремел, пугал, сотрясал небеса.

И вдруг, в одно мгновение, без обычного постепенно утихающего и успокаивающего ворчливого бормотания, все разом утихло — и гром, и дождь. И тут же потухло небо, словно его выключили одним щелчком выключателя. Стало тихо, и эта внезапная тишина пугала не меньше, чем раскаты.

Гром утих, дождь кончился, а слезы все лились, не кончались. «Хоть бы меня кто-то выключил, отрубил, как эту стихию». Вера уткнулась в подушку, закрыла глаза и в эту минуту услышала, как тихо и осторожно открывается дверь.

Она застыла, вытянулась в струну, затаила дыхание.

Сквозь ресницы она увидела, что зашел муж — осторожно, на цыпочках. Он пробрался к окну и тихонько, боясь скрипнуть рамой и, не дай бог, разбудить жену, осторожно распахнул его. Окно не подвело, не скрипнуло — немецкая фирма давала отличное качество. Как по мановению волшебной палочки, в комнату влетел воздух — девственный, свежий, напоенный мокрыми от дождя травами, ночной прохладой, тончайшим и сладчайшим запахом ночной фиалки и флоксов.

Вера втянула запахи носом и всхлипнула.

«Не дай бог, поймет, что я не сплю, — промелькнуло у нее. — Я не способна на разговоры, не в силах выдерживать утешения. Мне надо одно — чтобы меня оставили в покое».

Но муж уже стоял у ее кровати.

— Веруша! — прошептал он. — Не спишь, девочка?

Вера жалобно всхлипнула.

Он осторожно присел на край кровати и, ничего не говоря, стал гладить ее по голове — осторожно и нежно, как ребенка.

А Вера плакала. Уже не стесняясь, она ревела, ревела во весь голос и даже не пыталась уняться.

— Что ты, родная, — шептал муж, — не надо. Все пройдет, слышишь? И все успокоится! Все же проходит, верно? Как этот дождь. Подумаешь — воспоминания. Былое давно уже там, вдалеке.

Вера, соглашаясь, кивнула.

— Вот, правильно, — как ребенок, обрадовался муж. — Все туда, за спину, в окно, к чертовой матери, правда? А здесь наша, другая жизнь, верно? Только наша, и больше ничья. И этот день мы пережили! Верно, Веруша? И ничего нам не страшно вдвоем!

Вера снова кивнула.

Ободренный, Геннадий Павлович погладил ее по плечу, поцеловал его, потом поцеловал ее в лоб, как сестру или ребенка, и тихо спросил:

— Мне уйти или остаться?

— Уйти, — прошептала Вера и отвернулась.

— Все, девочка, все. Успокойся. Успокойся и спи. Слышишь, воздух какой? Невероятный, ей-богу! Как же у нас хорошо, а, Веруш? Спокойной ночи, моя маленькая, — уже у двери сказал он. — До завтра, родная.

Он почти закрыл дверь, но Вера успела выкрикнуть, правда, голос был слабым, как после тяжелой болезни:

— Гена! Останься! Не уходи.

Она не увидела его глаза и его улыбку. Счастливые, сумасшедшие глаза и довольно дурацкую, идиотскую улыбку — в комнате было темно.

Да и слава богу. Зачем видеть наши слабости, верно? Даже любимым и близким.

А утро было солнечным, светлым, умытым дождем.

Вера открыла глаза и тут же зажмурилась.

Осторожно сняла со своего плеча тяжелую мужнину руку, тихонько сползла с кровати, подошла к окну, потянулась — сладко, как в юности, и замерла, обомлела.

Пейзаж за окном был прекрасен — мокрые, блестящие, промытые кусты и изумрудные, прозрачные, светлые листья деревьев. Цветы в блеске капель дождя или росы. А скорее всего, и того и другого. Солнце, словно крутобокий апельсин, сияло на бледно-голубом небосводе.

Вера глянула на часы и тихо ойкнула: ну ничего себе, половина одиннадцатого!

Ловким, привычным движением она подняла волосы, воткнула в них несколько шпилек, нащупанных на туалетном столике, и, оглядываясь, на цыпочках, осторожно вышла из комнаты. У двери оглянулась — Геннадий Павлович крепко спал, безмятежно, чуть посапывая, как младенец.

И на его лице, таком родном и знакомом, блуждала улыбка счастливейшего человека.

Вера чуть качнула головой, тихо вздохнула, улыбнулась и, осторожно прикрыв за собой дверь, пошла вниз, на кухню. Очень хотелось кофе. Настоящего, крепкого.

Какое хорошее утро без хорошего кофе? А утро определенно было хорошим — ей очень хотелось в это поверить.

По дороге заглянула в Евгешину комнату. Евгеши там не было. Выходит, Евгеша с родней! Слава богу! Значит, сложилось и с сыном, и с невесткой, и с внуком. Дай ей бог, пусть наслаждается!

Вспомнила про Томку и Иссидорыча и улыбнулась. «Нет, звонить не стану. Подожду, пока Томка сама объявится».

Она прошлась по любимому дому, распахнула все занавеси, настежь раскрыла окна, чуть задержалась у них, потому что невозможно было оторваться от красоты за окном, прикрыла глаза, глубоко втянула ароматы сада, снова пошла бродить по дому, распахивая двери и любуясь всем тем, что с такой тщательностью и любовью, с такой продуманностью было создано ими, ею и ее мужем. Лучшим мужем на свете..

Наконец она опустилась на диван, раскинула руки и... замерла.

Сквозь ресницы настойчиво пробивался рыжий солнечный свет.

Вера прищурилась, мотнула головой и со вздохом поднялась — хватит бездельничать! Впереди долгий день и столько забот! К тому же надо начинать собираться — послезавтра они улетают. Алтай! Как давно они мечтали об этой поездке.

Все, прочь все мысли и все сомнения! Но сначала — кофе!

Она включила кофемашину и стала ждать.

Закапала вода, кофемашина фыркнула и отключилась, и в эту минуту звякнула эсэмэска.

Спасибо за прекрасный праздник!
Мы уже в аэропорту! По прилете сразу напишем!
Целуем, ваши дети, Вадик и Лида.

Забыв про кофе, в сотый раз Вера перечитывала эсэмэску.

И шепотом, одними губами, она повторяла:

— Ваши дети, Вадик и Лида.

Звякнула еще одна эсэмэска — фотография. Вера увеличила ее, но ничего не поняла: какой-то черно-серый веер с черной точкой внутри. Ничего не понятно. Взяла очки, и тут дошло.

Господи! Это же УЗИ!

Вера заплакала.

И тут же вздрогнула от громкого голоса мужа — Стрельцов был вообще громогласным:

— Веруша, солнышко! У тебя все в порядке? Ты где, моя девочка?

— Я здесь, — дрогнувшим голосом отозвалась она. — И у меня все в порядке.

«Ну вот, — расстроилась она. — Кофе в одиночестве отменяется».

А в остальном у нее все в порядке. «И еще как в порядке», — улыбнулась Вера.

И с этим трудно не согласиться.

Литературно-художественное издание

Мария Метлицкая

ДРУГАЯ ВЕРА

Ответственный редактор *Ю. Раутборт*
Выпускающий редактор *М. Петрова*
Художественный редактор *П. Петров*
Технический редактор *О. Лёвкин*
Компьютерная верстка *В. Андрианова*
Корректор *О. Супрун*

ООО «Издательство «Эксмо»
123308, Москва, ул. Зорге, д. 1. Тел.: 8 (495) 411-68-86.
Home page: www.eksmo.ru   E-mail: info@eksmo.ru
Өндіруші: «ЭКСМО» АҚБ Баспасы, 123308, Мәскеу, Ресей, Зорге көшесі, 1 үй.
Тел.: 8 (495) 411-68-86.
Home page: www.eksmo.ru   E-mail: info@eksmo.ru.
Тауар белгісі: «Эксмо»
Интернет-магазин : www.book24.ru
Интернет-магазин : www.book24.kz
Интернет-дүкен : www.book24.kz
Импортёр в Республику Казахстан ТОО «РДЦ-Алматы».
Қазақстан Республикасындағы импорттаушы «РДЦ-Алматы» ЖШС.
Дистрибьютор и представитель по приему претензий на продукцию,
в Республике Казахстан: ТОО «РДЦ-Алматы»
Қазақстан Республикасында дистрибьютор және өнім бойынша арыз-талаптарды
қабылдаушының өкілі «РДЦ-Алматы» ЖШС,
Алматы қ., Домбровский көш., 3«а», литер Б, офис 1.
Тел.: 8 (727) 251-59-90/91/92; E-mail: RDC-Almaty@eksmo.kz
Өнімнің жарамдылық мерзімі шектелмеген.
Сертификация туралы ақпарат сайтта: www.eksmo.ru/certification

Сведения о подтверждении соответствия издания согласно законодательству РФ
о техническом регулировании можно получить на сайте Издательства «Эксмо»
www.eksmo.ru/certification
Өндірген мемлекет: Ресей. Сертификация қарастырылмаған

16+

Подписано в печать 15.10.2019. Формат 84х108^1/$_{32}$.
Гарнитура «NewBaskervilleCTT». Печать офсетная. Усл. печ. л. 13,44.
Тираж 20000 экз. Заказ № 7480.

Отпечатано в филиале «Тульская типография» ООО «УК» «ИРМА».
300026, Россия, г. Тула, пр. Ленина, 109.

Москва. ООО «Торговый Дом «Эксмо»
Адрес: 123308, г. Москва, ул. Зорге, д.1.
Телефон: +7 (495) 411-50-74. E-mail: reception@eksmo-sale.ru

По вопросам приобретения книг «Эксмо» зарубежными оптовыми
покупателями обращаться в отдел зарубежных продаж ТД «Эксмо»
E-mail: international@eksmo-sale.ru

International Sales: International wholesale customers should contact
Foreign Sales Department of Trading House «Eksmo» for their orders.
international@eksmo-sale.ru

По вопросам заказа книг корпоративным клиентам, в том числе в специальном
оформлении, обращаться по тел.: +7 (495) 411-68-59, доб. 2261.
E-mail: ivanova.ey@eksmo.ru

Оптовая торговля бумажно-беловыми
и канцелярскими товарами для школы и офиса «Канц-Эксмо»:
Компания «Канц-Эксмо»: 142702, Московская обл., Ленинский р-н, г. Видное-2,
Белокаменное ш., д. 1, а/я 5. Тел./факс: +7 (495) 745-28-87 (многоканальный).
e-mail: kanc@eksmo-sale.ru, сайт: www.kanc-eksmo.ru

Филиал «Торгового Дома «Эксмо» в Нижнем Новгороде
Адрес: 603094, г. Нижний Новгород, улица Карпинского, д. 29, бизнес-парк «Грин Плаза»
Телефон: +7 (831) 216-15-91 (92, 93, 94). E-mail: reception@eksmonn.ru

Филиал ООО «Издательство «Эксмо» в г. Санкт-Петербурге
Адрес: 192029, г. Санкт-Петербург, пр. Обуховской обороны, д. 84, лит. «Е»
Телефон: +7 (812) 365-46-03 / 04. E-mail: server@szko.ru

Филиал ООО «Издательство «Эксмо» в г. Екатеринбурге
Адрес: 620024, г. Екатеринбург, ул. Новинская, д. 2щ
Телефон: +7 (343) 272-72-01 (02/03/04/05/06/08)

Филиал ООО «Издательство «Эксмо» в г. Самаре
Адрес: 443052, г. Самара, пр-т Кирова, д. 75/1, лит. «Е»
Телефон: +7 (846) 207-55-50. E-mail: RDC-samara@mail.ru

Филиал ООО «Издательство «Эксмо» в г. Ростове-на-Дону
Адрес: 344023, г. Ростов-на-Дону, ул. Страны Советов, 44А
Телефон: +7(863) 303-62-10. E-mail: info@rnd.eksmo.ru

Филиал ООО «Издательство «Эксмо» в г. Новосибирске
Адрес: 630015, г. Новосибирск, Комбинатский пер., д. 3
Телефон: +7(383) 289-91-42. E-mail: eksmo-nsk@yandex.ru

Обособленное подразделение в г. Хабаровске
Фактический адрес: 680000, г. Хабаровск, ул. Фрунзе, 22, оф. 703
Почтовый адрес: 680020, г. Хабаровск, А/Я 1006
Телефон: (4212) 910-120, 910-211. E-mail: eksmo-khv@mail.ru

Филиал ООО «Издательство «Эксмо» в г. Тюмени
Центр оптово-розничных продаж Cash&Carry в г. Тюмени
Адрес: 625022, г. Тюмень, ул. Пермякова, 1а, 2 этаж. ТЦ «Перестрой-ка»
Ежедневно с 9.00 до 20.00. Телефон: 8 (3452) 21-53-96

Республика Беларусь: ООО «ЭКСМО АСТ Си энд Си»
Центр оптово-розничных продаж Cash&Carry в г. Минске
Адрес: 220014, Республика Беларусь, г. Минск, проспект Жукова, 44, пом. 1-17, ТЦ «Outleto»
Телефон: +375 17 251-40-23; +375 44 581-81-92
Режим работы: с 10.00 до 22.00. E-mail: exmoast@yandex.by

Казахстан: «РДЦ Алматы»
Адрес: 050039, г. Алматы, ул. Домбровского, 3А
Телефон: +7 (727) 251-58-12, 251-59-90 (91,92,99). E-mail: RDC-Almaty@eksmo.kz

Украина: ООО «Форс Украина»
Адрес: 04073, г. Киев, ул. Вербовая, 17а
Телефон: +38 (044) 290-99-44, (067) 536-33-22. E-mail: sales@forsukraine.com

**Полный ассортимент продукции ООО «Издательство «Эксмо» можно приобрести в книжных
магазинах «Читай-город» и заказать в интернет-магазине: www.chitai-gorod.ru.
Телефон единой справочной службы: 8 (800) 444-8-444. Звонок по России бесплатный.

Интернет-магазин ООО «Издательство «Эксмо»
www.book24.ru
Розничная продажа книг с доставкой по всему миру.
Тел.: +7 (495) 745-89-14. E-mail: imarket@eksmo-sale.ru

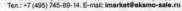

ISBN 978-5-04-106637-6